DE LOOPJONGEN

Gerrit Komrij

De loopjongen

2012
DE BEZIGE BIJ
AMSTERDAM

Copyright © 2012 Gerrit Komrij
Eerste druk februari 2012
Tweede druk februari 2012
Omslagontwerp Studio Jan de Boer
Omslagbeeld Nederlands Fotomuseum / Herbert Behrens
Foto auteur Paul Levitton
Vormgeving binnenwerk Adriaan de Jonge
Druk Clausen & Bosse, Leck
ISBN 978 90 234 6868 4
NUR 301

www.debezigebij.nl

I

Arend loopt met grote stappen af op de paal. De kieviet noemen zijn klasgenoten hem, omdat hij altijd zo'n haast lijkt te maken. Hij heeft gewoon langere benen. Er hangt een jasje over de bovenbak van de rode brandmelder, een vierkant geval dat zich aan de straatkant van het trottoir bevindt. Zomaar een jasje dat iemand moet hebben vergeten. Een jasje met zakken waarin wel een portefeuille kan zitten of een zilveren sigarenkoker. Zo'n portefeuille wacht erop om door Arend gered te worden en teruggebracht naar de rechtmatige eigenaar. 'En dan heb ik ook nog uw mooie koker.' Hij ziet het gezicht tegenover zich stralen van dankbaarheid. Op het moment dat Arend het jasje probeert te pakken fladdert het weg. 'Kieviet, kieviet!' hoort hij op sarrende toon achter zich roepen. Twee jongens rennen weg.

Gelukkig heeft Arend genoeg vriendjes die hem niet voor de gek houden.

Hij botst op de gong. Een sta-in-de-weg, dat is het. Altijd een sta-in-de-weg geweest. De gong staat pontificaal in het halletje en is bedoeld om het gezin voor de maaltijd bij elkaar te roepen. Als de meid voor het laatst in de aardappels heeft geprikt om te controleren of ze gaar zijn wordt ze geacht zonder mankeren naar de gong te lopen om met haar omzwachtelde trommelstok vol slijtplekken een paar tikken tegen de koperen schijf te geven, waarna de kinderen hun huiswerk of handwerk in de steek laten en uit alle kamers van het huis komen aangesneld om in de eetkamer aan tafel plaats te nemen.

Zo moet het in de tijd van zijn grootmoeder zijn gegaan. Er is geen groot gezin meer – hij is het enige kind – en er is geen meid meer. Alleen de gong bleef over. Zijn moeder hecht aan burgerlijke uiterlijkheden. In een huis met een halletje hoort een gong. Het is zeker een forse gong. Een gong die getuige was van veel hongerende familieleden op weg naar hun beloning voor gedane arbeid en van veel geschater uit kinderkelen.

Hij rent de trap op. Mannen met snorren vliegen voorbij. Portretten van zijn ooms en van zijn grootvader, mannen van betekenis voor het vaderland en de familie. Naar het laatste portret, het snorloze gelaat van zijn vroeggestorven vader, kijkt hij altijd vluchtig op, maar dat moet hij dit keer overslaan. Nog bijtijds wist hij daarnet de wankelende gong op te vangen en er is geen seconde meer over.

Hij heeft de auto de straat in horen rijden. Op het signaal van de claxon rent hij altijd meteen naar boven, naar het raam van zijn kamer aan de voorzijde, naast de erker. Tegelijk met de auto van de directeur komen de schooljongens aangefietst, op hun hoge, zwarte rijwielen. Het raam staat open, het is een lauwe zomerdag. De wind speelt met een losse lok op Arends voorhoofd.

Hij woont schuin tegenover de ambachtsschool. Een statig gebouw met hoge ramen. Het volume van de school vloekt niet met de deftige straat. Aan de voorkant bevinden zich de klaslokalen, de lerarenkamer en het kantoor van de directeur, aan de achterkant strekken de werkplaatsen zich uit. Hij kan nog net een deel van dat laatste complex zien, dankzij het pad dat naar de fietsenstallingen leidt. Elke ochtend, en na de middagpauze, slorpt het pad de jongens op, waarna ze in het schoolgebouw worden weggezogen. Ze dragen allemaal een blauwe overall, soms vettig en vol vlekken, soms zo vers uit de wastobbe dat je ze van een afstand kunt horen kraken. De meeste jongens dragen hun blauwe kledij al wanneer ze 's morgens komen aangefietst, met op de bagagedrager een etenstrommel en een thermosfles. Ze zijn afkomstig uit de arme wijken van het dorp, eentonige huizen aan straten die naar bomen zijn vernoemd. Maar er is geen enkele boom te zien. Later worden de jongens timmerman, lasser of huisschilder.

Arend droomt van een vriendje en dat tekent de manier waarop hij naar de jongens kijkt. Wat is er veel keus! In zijn eigen straat wonen maar een paar jongens en het zou wel heel raar zijn als uitgerekend daar de juiste vriend onder zit. Toch hebben jongens vaak ook maar een paar vriendinnen leren kennen als ze gaan trouwen. Net zo zonderling. Op welk moment moest je definitief toehappen? Het is moeilijk om eerst de hele wereldbol af te struinen, langs alle vrouwen van Afrika en China, dat begrijpt Arend ook wel. Toch moet een mens zijn vleugels een beetje hebben uitgeslagen en over vergelijkingsmateriaal beschikken voor hij zich aan iemand bindt. De ambachtsschool brengt de wijde wereld bij hem thuis. Een exotische markt, pal voor zijn neus.

Arend laat nauwelijks een gelegenheid voorbijgaan om naar het schouwspel te kijken. De jongens in hun blauwe overalls oefenen een onweerstaanbare aantrekkingskracht op hem uit. Hij kijkt naar een andere samenleving, een samenleving die ook het werkterrein is van zijn moeder, maar waarover ze hem zelden iets vertelt. Een vreemd soort opwinding maakt zich van hem meester zodra hij de witte Packard van de directeur hoort. Dat is het startsignaal van een nieuwe dag, een dag die op gisteren lijkt maar toch altijd anders is zolang Arend niet kan kiezen. Hij kent de gezichten van de jongens, hij weet in welke koppels en formaties ze aankomen, uiteenvallen en weer samenscholen, er gaat geen dag voorbij of hem valt iets nieuws op, maar het kiezen stelt hij uit.

Op zomerdagen kan hij heerlijk uit het raam hangen om met dromerige blik de wereld in te staren en te doen of hij geniet van de wind in de oude, statige bomen. De jongens moeten niet denken dat hij ze bespiedt. Hij is gewoon iemand die graag dagdroomt. Als hij geen kieviet is mijmert hij. Dan moeten zijn benen tot rust komen. Met een lui linkeroog volgt hij de directeur in zijn zondagse pak, een man met een sik en dun, grijzend haar, en met een lui rechteroog houdt hij in de gaten wat er aan zijn kant van de straat gebeurt. Zijn moeder staat in de voortuin een oudere vrouw te woord die afwisselend ja en nee knikt. Er rollen tranen over de wangen van de oudere vrouw. Vast en zeker iemand die om raad of hulp vraagt. Zijn moeder is dominee. Ze is buitenshuis altijd donker gekleed. Onder haar arm houdt ze een aktetas geklemd. Ze vertrekt voor een van haar dagelijkse rondes, huisbezoeken van wijk tot wijk. Ook op straat wordt ze vaak door haar gemeenteleden aangesproken. Dat begint al in de voortuin. Arend ziet hoe de magere gestalte van zijn moeder zich van de vragensteller losmaakt en de straat uit loopt. Terwijl de jongens van hun fiets stappen, hun lunchpakket onder de snelbinder vandaan halen en naar elkaar beginnen te luchtboksen wordt zijn moeder kleiner en kleiner.

Een gek beroep, dominee. Brandweer te voet.

Hij denkt, zijn armen geleund op de vensterbank, aan wat hij wil worden later. Leraar op zo'n grote school? Proefwerken uitdelen en rapportcijfers geven? Je moest vooral uitkijken dat ze je fiets niet sloopten. Hij zou wel toneelspeler of filmster willen worden... Er zijn twee bioscopen in het dorp en in een daarvan draaien altijd de goeie films. Tenminste, zijn moeder zegt dat het de betere films zijn. Zelf geeft hij niet zo om films. Niet omdat hij vaak aan het begin al de afloop kan voorspellen, maar omdat hij er juist te sterk in gelooft. Hij trekt zich de ongelukken en het verdriet te hevig aan.

Er wordt altijd gemarteld in films. In piratenfilms, cowboyfilms, oorlogsfilms, overal martelen ze. Hij betaalt niet voor een entreekaartje om de halve voorstelling een andere kant op te kijken. Als het maar naar een marteling zweemt draait hij zijn hoofd al weg. De suffigste marteling – een blikkerend mes op weg naar een oog – bezorgt hem angstzweet.

Schrijver lijkt hem wel iets. Misschien dat hij schrijver wil worden. Maar hij vindt ook boeken vaak zo vervelend... Hij begint aan een verhaal en na twee, drie bladzijden weet hij precies waar het op zal uitdraaien. Eerst zuigt de schrijver een paar helden uit zijn duim, het liefst een goeie en een kwaaie, hij gooit er een paar minder goeie of kwaaie nephelden tussendoor, net als in die films, en dan volgen de misverstanden. Die misverstanden worden één voor één bijgelegd en dan is het afgelopen. Hij heeft schrijvers snel door... Ze gaan zwanger van een boodschap en het lukt ze niet die boodschap zo lang mogelijk verborgen te houden. Die boodschap moet er zo snel mogelijk uit en Arend ziet dat altijd, altijd aankomen. Dan beginnen de zinnen van de schrijver te bollen en, hopla, hij ziet al in welke richting de woorden worden gestuwd, terwijl de schrijver zelf het nog niet eens doorheeft... Als hij schrijver zou worden wil hij andere boeken schrijven, zonder boodschap. Hij zou willen dat de zinnen juist hem zouden sturen, naar verre landen waar van alles kan gebeuren en waar de zinnen koning zijn. Hierheen, daarheen, snel een beetje. Een schrijver moet een slaaf zijn van de zinnen, zoals een lichaam de slaaf is van de benen... Tempo. Terwijl hij daar zo uit het raam hangt lijkt het Arend een goed idee om duizenden zinnen uit allerlei boeken te plukken en die zinnen in een willekeurige volgorde achter elkaar te zetten. Een volgorde die bepaald wordt door... door bij voorbeeld een dobbelsteen. Of door de zinnen in een emmer te gooien en er dan in te roeren. Nieuwe zinnen bestaan niet.

Zou hij dan het hulpje van een hogere macht willen worden, net als zijn moeder?

Boeken met een misdaad en een speurder vindt hij soms fijn, vooral als hij in het begin maar moeilijk kan raden wie de schurk is. Schrijven is mooi wanneer je in staat bent je lezers een poos op het verkeerde been te zetten.

Nee, toch maar geen schrijver. Arend denkt vaak aan de toekomst. Hij bouwt die toekomst op uit bekende ingrediënten, hij kan niet anders, maar hij probeert er een eigen volgorde en samenhang in aan te brengen. Met de grote dobbelsteen van zijn hersens.

Hij wil wiskundige worden. Eerlijk gezegd vindt hij verzinsels maar kinderachtig. Maar wel een wiskundige met een tovenaarshoed graag. Geen dorre cijferaar die uitrekent wat iedereen al weet... maar iemand die alles opnieuw rangschikt, terwijl de mensen verbluft toekijken. Niet de woorden of de cijfers tellen, maar de daad.

Het liefst mijmert Arend in zijn dagdromen over vriendjes.

De gevel van de ambachtsschool licht op en begint te bewegen als een gordijn. Het wordt wazig voor zijn ogen en hij kijkt in een onbestemde zandvlakte, geelachtig en pulserend. Stippen duiken op. Hij ziet honderden, duizenden jongens in blauwe overalls, een zee van stippen, stippen die over de zandvlakte uitwaaieren en vervolgens de hele ruimte vullen. Al die jongens in blauwe overalls zouden vriendjes van hem kunnen zijn. Uit de wereldbol steken de stippen, dwars door het gazen gordijn, allemaal blauw, allemaal overalls. Ze verspreiden zich naar links en naar rechts en naar boven en naar beneden en vloeien alle kanten uit, zodat de aarde één machtig panorama van blauwe stippen wordt.

Arend drijft op een zee van blauwe glinsteringen. Rondom zijn lichaam is het blauw op zijn donkerst. Het blauw verdringt zich om hem, hij hoort kreten van bewondering en armen in overalls strekken zich naar hem uit. Stippen die een ogenblik mouwen worden om vervolgens terug te storten in de zee. Arend voelt de warmte van de bewondering, hij ziet hoe het verlangen door de zee van stippen golft, een verlangen dat alleen op hem is gericht. Hij blaast en er tekenen zich grillige patronen af in het water. Hij slaat met zijn vlakke hand op het stippengordijn en het blauw juicht van pijn. De blauwe jongens vinden hem de beste, wat hij ook doet. Ze zullen hem nooit uitlachen. Ze zullen hem nooit voor de gek houden.

Hij drijft daar in het fiere bewustzijn dat hij geen bewondering nodig heeft... Al dat golven, sidderen en strelen is voor hem niets dan sentimentaliteit. Hij heeft ook nooit bewondering van klasgenoten nodig gehad. Zijn moeder zegt altijd al dat hij de beste is. Hij gelooft haar graag. Arend gelooft altijd graag wat anderen zeggen, als het maar opbeurend is. Iedereen gelooft in de complimenten van anderen. Maar niet iedereen beseft, net als hij, dat de anderen met honderden, duizenden zijn en inwisselbaar.

Ineens zijn de blauwe vlekken verdwenen.

Hij rent de trap weer af. De mannen in hun schilderijlijsten volgen hem met een knorrige blik, op de snorloze man na. De snorloze man doet of hij Arend niet heeft gezien. Ook na hun dood blijven vaders wraakzuchtig.

Hij zou zich toch moeten redden met zijn gymnasiumvriendjes... In zijn klas zit een jongen die hij wel geschikt vindt. 'Wel geschikt' is niet goed genoeg. En dan is er Erik, die twee huizen verderop woont, in het huis met de plataan. Erik loopt ook altijd in het blauw, maar het is een blazer en geen overall. Erik zit op een andere school, de Hogere Burgerschool, waar de jongens zitten met een wiskundeknobbel. Naar het gymnasium gaan alleen de jongens die dominee willen worden, of die een vader hebben die dominee is. Of een moeder, dat kan dus ook.

Vriendschap met meisjes lijkt Arend gek. Vrienden zijn er om te redden, als er brand is of andere hoge nood, en om erdoor gered te worden. Vrienden zijn er om de oorlog mee in te gaan. Vrienden zijn er om gedachten en ideeën mee te delen – een gezamenlijk schild tegen de saaie gedachten, de ouderwetse gedachten, de ideeën die iedereen heeft. Meisjes buigen, vrienden staan pal.

Arend heeft de indruk dat veel van zijn klasgenoten tevreden zijn met meisjes. Ook wat hogere zaken als vriendschap betreft. Ze praten met meisjes over idealen waarover alleen met vrienden gepraat kan worden. Meisjes zijn een andere wereld en dat moet voor Arend zo blijven.

Hij wil zich opofferen voor een vriend. Zich wegcijferen en dus onoverwinnelijk zijn. Meisjes zijn daarvoor te teer. Meisjes, dat betekent verliefdheid en knikkende knieën. Onoverwinnelijk wil hij zijn.

Hoe kan hij erachter komen wie het meest zijn vriendschap waard is, de jongen uit zijn klas die Kurt heet en een Duitse vader heeft, of toch maar

Erik? Waarom juist die twee? 'De mooiste vriendschappen ontstaan per ongeluk,' heeft hij iemand horen zeggen. Frits is er ook nog, maar die wil bevriend zijn met iedereen. Een vriend is meer dan iemand tegen wie je kunt opkijken, meer dan iemand die je kunt bewonderen. Dat soort vriendschappen vindt Arend banaal. Hij ziet ze genoeg om zich heen. Meestal is de ene jongen een kop groter dan de andere en de kleine kijkt dan half scheel omhoog, dolgelukkig dat hij de tas van de langste mag dragen. Een soort loopjongen, meer niet. Arend zal nooit zo'n loopjongen worden. Hij bewondert Kurt zeker ook wel. Kurt kan mooi vioolspelen. Hij krijgt tenminste muziek uit dat kreng. Maar Erik speelt gitaar en dat vindt Arend veel mooier, terwijl een gitaar toch maar een aftreksel heet te zijn van de viool. Nee, muziek is niet genoeg voor vriendschap. Wat heeft hem in de eerste plaats tot Kurt en Erik aangetrokken? Arend ruikt altijd een kaneelgeur als Erik in zijn buurt is, en diezelfde geur vangt hij wel eens in de klas op, in de middelste rij waar Kurt zit. Maar snuffelen... Dat is de vriendschap tussen honden... Kurt moet vaak om zijn opmerkingen lachen. Arend maakt wel eens een gek geluid in de klas, een hik of een boertje, en dan zegt hij deftig 'Pardon' en dan schatert Kurt het uit. De leraar moet twee jongens tegelijk bestraffend aankijken en daar wordt die leraar dan door in verlegenheid gebracht. Zoiets is mooi. En ook bij Erik bespeurt Arend een speciale belangstelling. Hij kan niet precies zeggen hoe of wat, maar het heeft iets met de blik in zijn ogen te maken en de manier waarop hij zijn lippen op elkaar perst wanneer hij Arend op straat ziet aankomen.

Ware vriendschap betekent dat iemand gekke dingen mag zeggen en erop kan rekenen dat die serieus worden genomen. Ware vriendschap betekent belangstelling en vertrouwelijkheid. Kurt of Erik?

'Ik heb iets belangrijks buitgemaakt,' had hij op een morgen tegen Kurt gezegd. Ze liepen samen op naar het gymnastieklokaal. Arend had er zijn meest interessante gezicht bij getrokken, iets tussen 'je moest eens weten' en 'je bent te stom om het te begrijpen' in. Kurt keek hem vragend aan. 'Ik heb het verborgen bij de Dikke Steen.' Kurt keek nog altijd of hij het in Keulen hoorde donderen, ergens ver weg in ieder geval. 'Een kwestie van leven of dood,' had Arend er op fluistertoon aan toegevoegd. Ze stonden in de kleedkamer tussen al de jongens van de klas. Nog net voor hij zijn trui uittrok en zijn hoofd aan het zicht werd onttrokken zei Arend: 'Woensdag ben ik daar, na de laatste les.' Toen zijn hoofd weer tevoorschijn kwam had hij gedaan of hij Kurt niet eens meer zag en of er geen woord tussen hen was gewisseld.

Hetzelfde verhaal had hij tegen Erik afgestoken. Meestal verlieten Arend en Erik 's morgens op hetzelfde tijdstip hun huis om naar school te fietsen. Arend was op de pedalen gaan staan om hem in te halen. 'Ik heb iets belangrijks buitgemaakt,' had hij gezegd toen ze naast elkaar fietsten. Het was hem wonder boven wonder gelukt om ook op dat moment, met beide handen losjes aan het stuur en de voeten op de trappers, een interessant gezicht te trekken. Erik bleef gelukkig gelijke hoogte houden. Daarna was de mededeling over de Dikke Steen gevolgd. 'Kwestie van leven of dood,' had hij nog verzucht, schouderophalend, net voor ze de hoek bereikten waar Erik altijd afsloeg omdat hij zich op weg naar school per se bij een vriendinnetje moest aansluiten, een paar straten verderop. 't Was een omweg van wel vijf minuten, maar liefde doet gekke dingen. 'Woensdag ben ik daar, na de laatste les,' wist hij Erik nog toe te roepen, voordat de laatste afzwenkte. Roepen en fluisteren tegelijk is moeilijk, maar Arend wist zeker dat hij Eriks belangstelling had gewekt.

De Dikke Steen lag net buiten het dorp. De laatste les was om twaalf uur ten einde, want de woensdagmiddag was op school de vrije middag. Arend was de klas uit gerend, met een gezicht of hij volstrekt niet rende, en daarna had hij al zijn enthousiasme en energie botgevierd op de pedalen. Hij wist zeker dat hij als eerste de Dikke Steen had bereikt. Hij had zijn fiets in de droge bedding van de beek verborgen – gele en witte bloemblaadjes staken door de spaken – en was achter de kei zelf gaan staan, de grote kei die door iedereen in het dorp de Dikke Steen werd genoemd. De steen stond op een bakstenen vierkante sokkel en vormde een geliefd markeringspunt voor fietsers en wandelaars. Dat hij daar stond had iets met Napoleon of met de prehistorie te maken, precies herinnerde Arend het zich niet meer, maar er was een zitbank bij geplaatst en verderop bevond zich ook een café, een boerencafé met een biljart waar het naar uitsmijters rook en naar jenever. Heen en weer drentelend achter de steen kon Arend goed zien wie als eerste zou komen aanfietsen, Kurt of Erik. Als ze dichterbij waren gekomen – dichtbij genoeg – zou hij zich terugtrekken achter het struikgewas bij de beek. Met kievietsbenen als de zijne was hij met twee sprongen uit zicht. Zo lang mogelijk zou hij hun gretigheid en aanhankelijkheid kunnen bestuderen. Maar er kwam niemand aanfietsen. Een uur had hij wel staan uitkijken op de lange, met bomen omzoomde rijweg. Geen van beiden was komen opdagen. Uit twee kiezen was al moeilijk, maar uit nul... dit was echt onbegonnen werk. Geïrriteerd sloeg hij een paar plakkerige pluizen weg van zijn sporthemd. Arend was teleurgesteld, maar zijn wil om niet aan die teleurstelling toe te geven was zo groot geweest dat hij met een stoer gezicht op het terras van het boerencafé was gaan zitten en met zijn vingers op het houten tafeltje had getrommeld, zoals hij het de boeren vaak had zien doen. Verder viel er niets aan hem af te lezen, niets waardoor een toevallige voorbijganger zou denken dat hij uit zijn gewone doen was. Waarom hadden zijn twee vrienden, onder wie uiteindelijk de onverbiddelijke vriend, zijn oproep niet interessant genoeg gevonden? Hij had een paar keer te vaak gekke dingen geroepen, dat moest het zijn geweest.

Ze hadden gedacht... dat is hij weer, hoor hem... die grapjes kennen we van Arend.

Arend wil graag grapjes maken, gekke dingen zeggen, de leukste van de klas zijn, maar de kosten zijn hoog. Hij loopt het gevaar dat anderen niet doorhebben hoe ernstig hij is onder die vrolijke laag. En hoe hij ernaar verlangt om juist op de achtergrond te blijven. Hij is niet alleen serieus over vriendschap, maar over de hele wereld. Hij staat als eerste klaar om een luchthartige opmerking te maken, maar heeft ook als eerste pijn als hij iemand ziet lijden. Zijn er zaken die hij zich niet aantrekt? Als zijn moeder met een somber gezicht aan tafel zit, als een van de jongens bij de school tegenover een beetje mank loopt, als hij nieuws op de radio hoort over krijgsgevangenen en ondergelopen landerijen, ja zelfs als hij een halfdode vlieg in de vensterbank ziet worstelen slaan zijn gedachten op hol. Dat hij meevoelt met zijn moeder lijkt hem vanzelfsprekend, maar hij hoeft toch niet zo compleet van slag te raken door iets uit verre landen of door een vlieg?

Zijn talent om grappige opmerkingen te maken is juist zo sterk ontwikkeld om al die muizenissen snel van zich af te schudden, dat is het. Of koestert hij dat talent omdat hij graag het middelpunt wil zijn? Arend schudt die boze gedachte van zich af. Hij wil niet het middelpunt zijn. Hij wil behulpzaam zijn. Hij wil iets betekenen voor iemand. Hij wil niet alleen de schooltas dragen, maar veel meer.

Hij wil iemands zorgen dragen, iemands vertrouwen, iemands geheimen... hoe moet hij het noemen? Hij wil dragen wat de ander draagt, opgaan in iemand en iemand in zich laten opgaan. Hij wil niet alleen zijn. Hij voelt dat hij iets mist, en dat 'iets' heeft te maken met vriendschap, maar ook heel veel met alle leed in de wereld.

Hij moet niet zoveel mijmeren, hij moet draven en rennen.

Hij moet alles uitproberen en maar hopen dat hij ergens terechtkomt. Hij moet in het wilde weg op zoek gaan naar vrienden, als een razende Roeland... in de hoop op een toevalstreffer... hij kan ook met meer berekening te werk gaan... Daar is hij al mee begonnen met zijn Dikke Steen-test... Die rekensom leidde tot niets... Hij moet gewoon beter rekenen.

Zomaar kinderachtig met iemand bevriend zijn wil hij al jarenlang niet meer. Op de lagere school had hij zo'n vriendje... helemaal in de sfeer van cowboys en indianen. Zo zien veel mensen vriendschappen graag. Dat is hun lievelingsbeeld van een vriendschap. Twee jongens die elkaar trouw zweren met een plechtige spreuk. 'Simsalabim' of 'Ughe-ughe' het liefst. Bij het fietsenhok achter de school. Ze kijken elkaar diep in de ogen, mompelen de spreuk, snijden met een zakmes een jaap in hun vinger en duwen de bebloede jongensvingers tegen elkaar. Bloedbroederschap. Tot in de dood. Arend moet lachen als hij eraan terugdenkt.

Misschien is uit twee kiezen niet genoeg. Misschien heeft het iets te maken met grote getallen. Als het om twee personen gaat houden die personen elkaar te veel in de gaten of beïnvloeden ze elkaar. Het web moet groter zijn. Hoe groter het aantal, hoe zuiverder de berekening. Arend moet zijn proefneming uitvoeren op een plein, tijdens een bijeenkomst, op een feestje – waar zo veel mogelijk mensen aanwezig zijn. Hij besluit zijn experiment met Kurt en Erik te herhalen op het schoolfeestje dat binnenkort plaatsheeft – een feestje voor de hoogste drie klassen... Hij weet zeker dat Kurt en Erik daar aanwezig zullen zijn. Een dixielandorkestje zal speciaal overkomen uit de stad – op schoolfeestjes krijgen ze altijd muziek voorgeschoteld die jaren achterloopt – en er zal worden gedanst. De meisjes zullen dunne bloesjes dragen en er zal bier worden getapt. Zo'n feestje laat geen jongen zich ontgaan.

In de sociëteit naast de school is het al een drukte van belang. De oudste jongens staan dicht bij het podium waar het dixielandorkest de instrumenten aan het uitpakken is. De bar is nog niet geopend, maar ze houden al een glas bier in hun hand. Ze kijken naar de voorbereidingen van de muzikanten en doen of ze de spelers in hun nette kostuums en de zangeres met het blonde kapsel al van vroeger kennen. De microfoon maakt af en toe een snerpend geluid.

Arend hoort niet bij die groep jongens en dat vindt hij jammer. Daarom gedraagt hij zich nadrukkelijk of hij niet bij die groep jongens wil horen. Gelukkig verdikt zich nu ook de groep van zijn klasgenoten. Ze nemen plaats aan houten tafels, onder visnetten waarin lampions hangen. De dansvloer wordt angstvallig leeg gehouden. Hij heeft hoofdpijn. Hij heeft altijd hoofdpijn als hij voelt dat hij meer zal gaan drinken dan hem lief is. Hij is zenuwachtig. Nee, hij is niet zenuwachtig.

Arend is van plan flauw te vallen. Straks, als iedereen bezweet is van het dansen, als de jongens hun hemdsmouwen hebben opgestroopt en er al meisjes hinderlijk beschonken zullen zijn, als de trompet trompettert en de zangeres midden in een opzwepende passage zit, zal hij glorieus flauwvallen. Niet zomaar alsof hij werd bevangen door een duizeling, een vermoeidheidje... maar alsof hij, een diep ellendige wijsgeer, zich vol overtuiging in een poel heeft gestort waaruit geen terugkeer mogelijk is. Hij zal flauwvallen alsof de wereld hem te zwaar is geworden. Als een Atlas, bezweken onder de globe die hij moest torsen... Aan opwekkende woordjes en een tik tegen zijn wang heeft hij niets, er zal paniek zijn.

Hij houdt angstvallig de druipkaarsen die in de wijnflessen staan in de gaten. Als de etiketten onleesbaar zijn geworden door het kaarsvet is het zover. Zo heeft hij het uitgerekend en zo zal het blijven. Dan zal hij alleen nog het juiste muzikale moment afwachten – een pizzicato – en toeslaan. Ook Kurt en Erik die zich met hun onvermoeibare vriendinnetjes op de dansvloer staan uit te sloven verliest hij geen moment uit het oog.

Arend weet dat zij hem evenmin voor langere tijd uit het oog zullen verliezen. Terwijl ze voorbij dansten heeft hij zijn voorhoofd gefronst, met zijn wijsvinger naar zijn slaap gewezen, over zijn buik gewreven en zijn gezicht van pijn vertrokken, een glijdende schaal van gebaren die alleen maar kunnen betekenen dat hij zich lichamelijk beroerd voelt... zelfs dat er een geestelijke inzinking in aantocht is. Ingetogen signalen allemaal, of hij er dit keer juist voor wil waken om het op toneelspel te laten lijken... Kurt quickstept met een meisje in polkadotjurk voorbij. Ze heeft ook ronde vlekken op haar gezicht. Iets verderop ziet hij Erik, die met zijn armen in de lucht staat te zwaaien, duidelijk verlangend naar een swingender nummer. Dan valt Arend flauw.

Er klinkt meisjesgegil. Terwijl hij zijn ogen dichtgeknepen houdt wacht Arend op de stem van een van de jongens. 'We moeten Arend redden!' – met een angstige ondertoon. Of: 'Ademt hij nog?' – met de bezorgdheid van een moederdier voor haar welp. Maar Arend hoort alleen hoe het geschuifel minder wordt. En daarna het volume van de muziek. De instrumenten stokken. Een halve minuut blijft hij roerloos liggen. Er gebeurt niets.

Ze zullen toch niet denken: daar heb je hem weer? Die grapjes kennen we van Arend? Dan voelt hij hoe twee handen zich om zijn benen klemmen, hoe iemand anders zijn hoofd optilt en hoe hij wordt weggedragen. Als hij zijn ogen voorzichtig opent ziet hij dat ze hem aan de zijkant van de dansvloer hebben gelegd. Tussen de stoelpoten door komt het geschuifel langzaam weer op gang, nadat de trompet aarzelend heeft ingezet op een ongeduldig initiatief van de drummer. Een paar meisjes zijn bij Arend gebleven. Ze zitten gehurkt om hem heen en een van de meisjes brengt een glas water naar zijn mond. Hij voelt zachte vingers over zijn voorhoofd heen en weer gaan, strelend, verkennend.

Even later barst hij in snikken uit. Niet omdat zijn experiment alweer is mislukt, maar om zich een houding te geven. Zo kan hij achteraf zijn flauwvallen rechtvaardigen. Het is allemaal zo gebeurd vanwege emotie en verdriet, vanwege niets en niemand speciaal, zomaar, omdat niemand hem begrijpt en omdat hij de wereld niet begrijpt. Voor meisjes is dat verklaring genoeg. Ze koesteren niet de minste argwaan. De laatste uren van het feestje zit Arend alleen en ineengedoken in een hoek, met zijn hemd opgeknoopt en zijn kraag omhoog. Om de zoveel tijd komt iemand langs om hem een bemoedigende stomp te geven. Op het laatst is bijna iedereen langs geweest, zelfs Kurt en Erik.

Arend verandert van tactiek. Tussen toneelspel en net doen of je niet toneelspeelt zit geen verschil... dat hele gedoe heeft hem niets opgeleverd... dus moet hij terug naar de werkelijkheid. Het was fout te denken dat hij de ware vriend in een fantasiewereld kon ontdekken. De waarheid moet op vingers worden uitgerekend. Vriendschap is geen kwestie van dromen, maar van getallen.

Arend legt een schriftje aan. Twee maanden houdt hij dat schriftje nu al bij. Hij heeft er met een liniaal en een scherp potlood tabellen en vakjes in getekend. In die vakjes zijn allemaal cirkels en kruisjes komen te staan. Cijfers vindt Arend te schoolmeesterachtig, het gaat om een voldoende of een onvoldoende en daarmee uit. De cirkels staan voor voldoende, de kruisjes voor onvoldoende. Cirkels en kruisjes, plussen en minnen. De beide tabellen heeft hij E en K genoemd.

'Je moet niet altijd zo uit het raam hangen,' zegt zijn moeder, terwijl ze de spelden uit haar wrong trekt en haar haren naar beneden golven. Ze ziet er ineens veel jonger uit, maar ook veel... nu ja, bloter. Zou ze iets vermoeden van zijn gedachten, wanneer hij zo naar die jongens aan de overkant keek? 'Je bent niet meer of minder dan die jongens,' vervolgt ze. 'Zo lijkt het of je jezelf ver boven die jongens verheven voelt.' Haar commentaar verrast hem. Hij had gedacht dat ze het anders bedoelde... Maar het is waar dat hij er nooit eens aan denkt de straat over te steken om met een van de blauwe overalls een praatje aan te knopen. 'Moet ik soep brengen dan?' reageert Arend, ook voor zijn eigen gevoel iets te snel. Ze kan even niets terugzeggen, vanwege de haarspelden die ze tussen haar lippen geklemd houdt. Ze legt de spelden weg en concludeert alleen maar: 'Uit het raam hangen is geen gezicht.'

Arend weet nooit goed hoe hij op haar stelligheden – stekeligheden – moet reageren. Zijn moeder is een geweldige vrouw die altijd klaarstaat voor iedereen, maar af en toe is ze wel erg... stijfjes. Ze komt in huis bij allerlei soorten mensen, ze gaat mee met veel moderne ideeën, maar op sommige punten blijft ze hopeloos ouderwets. Ze verbeeldt zich dat ze zonder gong niet meer de mevrouw is die ze wil zijn. Ze heeft niet graag dat de ramen aan de straatkant openstaan. Ze is erg zuinig op haar enige winterjas, de jas met het vossenkraagje. Ze zegt dat ze geen auto wil omdat ze liever te voet gaat. De ouders van Kurt verderop hebben een Volkswagen en verder is er alleen de directeur van de ambachtsschool. Dominees horen niet in auto's, zegt zijn moeder. Er zijn filosofen en theologen genoeg die beweren dat de auto een einde zal maken aan de barmhartigheid. Bijstand en raad die te snel geschieden kunnen geen goede bijstand en raad zijn. 'Geschieden' en 'bijstand' zijn typisch woorden voor zijn moeder. Ze is hier op aarde voor de mensen, zegt ze, maar ze moet ook tijd hebben om na te denken hoe ze er voor de mensen hoort te zijn. Wie zich in een auto voortbeweegt kan – snel, snel – uiteindelijk enkel voorgekookte en van anderen geleende hulp bieden. Fabriekshulp. Zulke dingen zegt zijn moeder. Arend is het vaak met haar eens, maar soms slaat het nergens op... Dan zijn het alleen maar rechtvaardigingen, excuses, omdat ze het niet breed hebben. Een auto zou juist heel goed passen bij zijn moeder, bedrijvig en ongeduldig als ze is. En als vrouwelijke dominee moet ze weten wat pionieren is.

Voor Arends ogen ontvouwt zich een tafereel waarin zijn moeder als een priesteres voor een rij mensen uit loopt. Ze dragen vaandels en er is trommelmuziek en de kleuren en klanken lijken op die van de Sahara. Ja, het is een woestijnoptocht. Zijn moeder draagt een jutekleurige jurk en vier mannen met een tulband dragen een baldakijn waaronder ze haar schaduw proberen te vangen, maar ze is de mannen voortdurend te snel af. Ze blijft een eind voorop lopen, recht van rug, met haar kin in de lucht. De rij kronkelt onder de hete zon een witgepleisterd dorp door, waar wolken stof ronddwarrelen. Steeds weer weet zijn moeder de achtervolgers met het baldakijn van zich af te schudden. Af en toe legt ze een hand op het hoofd van een melaatse die tussen jengelende kinderen op een stoep zit. Het is een mooi gezicht.

'Halleluja,' wil Arend roepen, maar in plaats daarvan hoort hij zichzelf bits zeggen: 'Ik mag hier nooit iets.'

Hij rent weg. Zijn moeder kijkt hem hoofdschuddend na.

Arend zit op zijn kamer en heeft alweer spijt van zijn uitval. Het zweet breekt hem uit bij de gedachte dat zijn moeder hem ooit de rug zou toekeren. Hij is haar enige kind en na de dood van zijn vader heeft hij alleen op haar leren vertrouwen. Ze voeren lange gesprekken samen, over echte volwassen onderwerpen. Hij voelt zich veilig bij haar, bijna op gelijke voet. 'Hee hee, de dunne van de dominee,' hoort hij op straat wel eens achter zich zingen, op de maat van een bekend liedje. Daar kan hij moeiteloos zijn schouders over ophalen. Dominee is een mooi vak. Zijn moeder heeft een mooi vak. Ze was een van de eerste vrouwelijke dominees in het land, en zij heeft hem wel eens uitgelegd hoe moeilijk het in haar jeugd was om als meisje te studeren en om zich een plaats te verwerven tussen de mannelijke theologen. Mannelijke theologen... die waren toen zo veel gewichtiger. Een onvoorstelbaar pompeuze toon sloegen ze aan.

Van meisjes die wilden studeren, en dan ook nog eens voor dominee, werd verwacht dat ze zich extra zouden inspannen. Heel veel extra. Wat niet eenvoudig was als je daarbij weigerde te galmen en pompeus te zijn. Pas aan het begin van de eeuw doken er serieus vrouwen als predikanten op... hier en daar... bij de doopsgezinden en rekkelijken het eerst... De emancipatie bereikte de theologische instituten, al bleef er in de maatschappij nog lang veel onwennigheid bestaan. Je kon zo'n predikant moeilijk een sigaartje aanbieden na een begrafenis...

Ze had haar studie nooit kunnen voltooien, gaf ze volmondig toe, als er niet ook mannelijke collega's waren geweest die zich achter haar hadden geschaard en die begrip en mildheid als hun hoogste opgave zagen. Het waren woelige tijden in de maatschappij en het waren woelige tijden in de theologie. Op het instituut had zij de jongen ontmoet die Arends vader zou worden. Ook hij studeerde voor dominee en hij had haar door dik en dun gesteund... hoogst welkom was dat, bij alle benepen opmerkingen en alle vernederingen die sommige hoogleraren in hun blik en op hun lippen wisten te leggen. Uiteindelijk had de meerderheid van de faculteit hun kant gekozen. Arend kon alleen maar vermoeden dat het ook woelige tijden in de liefde waren geweest. Zijn ouders als het eerste domineesechtpaar van Nederland – ook nu weer zwelt zijn borst van trots.

Arends kamer is eenvoudig ingericht. Alles in het huis is sober, omdat zijn moeder overdaad en vertoon van luxe schuwt. De mooie dingen die er staan, de schilderijen en het zilver en de oude porseleinkast en, vooruit, ook de gong zijn erfstukken. In een la van de kast ligt nog een hele doos met tinnen soldaatjes van zijn grootvader. Blauw en rood beschilderd. Tinnen hellebaardiers, tinnen grenadiers uit de Napoleontische tijd. Op een vrije woensdagmiddag heeft hij ze eens opgesteld en laten vechten. De schilderijen waren altijd de trots van zijn vader en na diens dood heeft zijn moeder ook zijn portret laten schilderen, aan de hand van een oude foto, en dat portret heeft ze naast de andere schilderijen gehangen. Meer luxe aanwinsten herinnert Arend zich niet. Op zijn kamer heeft hij een platenspeler waarop hij Pat Boone draait, Cliff Richard en The Everly Brothers. Als de heren zingen komt zijn moeder wel eens binnen, niet omdat de muziek zo hard staat, maar omdat ze er graag even naar luistert. Arend merkt het aan de manier waarop ze haar schouders beweegt. Een minuutje staat ze daar bij de deuropening, veel langer ook niet. Er is weer werk te doen.

Naast het boekenkastje – een meter breed en

drie planken hoog – hangt een gitaar. Arend heeft een paar maanden les gehad, maar het wilde niet lukken. Erik speelt veel beter gitaar. Arend vindt het instrument mooi van vorm en daarom mag het blijven hangen. Het wordt omringd door reproducties, in oude lijstjes die hij op zolder heeft gevonden en waar hij de prentjes uit heeft verwijderd. Bijbelse taferelen op glanspapier met bebaarde mannen die door de woestijn trekken en met een profeet die met gestrekte arm naar een zee wijst die zich in tweeën splitst. Angstwekkende en somber stemmende taferelen, ondanks de schreeuwende kleuren. Hij heeft ze vervangen door een harlekijn van Picasso, een lappendeken van Paul Klee en een verlicht caféterras bij avond van Vincent van Gogh. Simpele reproducties op tijdschriftpapier.

Arend is er tevreden mee. Hij is al net zomin op aardse goederen gesteld als zijn moeder. Hij weet wel zeker dat zijn moeder niet veel spaarcenten heeft. Haar zuinigheid is niet alleen principieel, ze is ook zuinig uit noodzaak. De kerk is een schrale werkgever. De mensen hebben haar raad nodig, en dat moet beloning genoeg zijn. Op school vertelt Arend wel eens dat ze thuis erg arm zijn. Op een warme, vertrouwelijke toon. Omgekeerde opschepperij, als je het goed bekijkt. Doet hij dat om zijn schaamte te overwinnen? Vertelt hij dat om niemand voor het hoofd te stoten, in het besef dat veel van zijn klasgenoten het thuis niet breed hebben? Of vertelt hij het om de simpele reden dat hij armoede een prijzenswaardiger toestand vindt dan rijkdom? Uit de toon van zijn bekentenis valt het nooit op te maken.

Arend zit vaak alleen op zijn kamer. Dan ontwerpt hij schema's in zijn hoofd of voert hij lange gesprekken met zichzelf. Gaat dat altijd zo met jongens die alleen in een groot huis opgroeien... dat het begint te zoemen in hun hoofd en dat ze heel ver verdwalen in hun gedachten? Zijn hoofd is zijn speeltuin. Soms schiet Arend verschrikt overeind wanneer er een deur dichtslaat of een hond in de verte blaft.

Dan stelt hij zichzelf als een boze duivel voor die in discussie gaat met zijn andere ik, een goeiige jongen die graag in verleiding gebracht wil worden. De duivel speelt luider en luider op en de goeierd stribbelt almaar harder tegen en zo gaat dat urenlang voort. Of hij speelt voor advocaat van de duivel en staat tegenover een schoolklas die hij op het slechte pad probeert te brengen. Er klinken protesten en die protesten probeert hij zo knap mogelijk te ontzenuwen. Ze haten hem. Hij draait bij en geeft de schoolklas uiteindelijk gelijk, waarna hij op handen wordt gedragen. Maar Arend is op zijn best in discussies tussen zijn kwade en goede ik. Zo heeft hij voor allerlei problemen een oplossing ontdekt.

Tijdens zulke gesprekken begrijpt hij ieder woord. Maar naar de betekenis van wat daarbuiten gezegd wordt, buiten zijn hoofd, moet hij wel eens raden. Een oppervlakkige beschouwer zou Arend een dromer noemen, of verstrooid, of een zoeker. Oppervlakkigheid is geen goede gids.

Arend gelooft niet in God. Toch gaat hij straks in de stad theologie studeren. Het is een traditie. Zijn moeder is dominee, zijn vader was dominee en de vader van zijn moeder was ook al dominee. Zijn moeder verwacht dat hij straks theologie gaat studeren. En zou hij zich dan verzetten? Zijn moeder is een bijzondere vrouw. Ook nu nog zijn vrouwelijke dominees een zeldzaamheid, ook nu nog moeten zij vechten voor hun goede zaak. Hij wil net als zijn moeder iets bijzonders zijn. Hij wil bewijzen dat een studie theologie zonder God mogelijk is.

Wat God voor zijn moeder is, is voor hem licht en energie.

Hij is in de lange gesprekken in zijn hoofd God kwijtgeraakt. Waarom zou hij naar één stem luisteren als er in de wereld zo'n koor van stemmen bestaat? Hij gebruikt zijn ogen om naar het mensengedoe om zich heen te kijken, zijn oren om naar het nieuws op de radio te luisteren en zijn hoofd om kranten en boeken in te zuigen en hij begrijpt het geloof in de Man met de Baard niet. Het is juist of er veel meer dingen in de plaats zijn gekomen waar hij wel in gelooft. Hij is geen ongelovige. Hij gelooft in zijn moeder. Hij gelooft in de vriendschap. Hij gelooft in de kracht van de saamhorigheid. Hij gelooft in de mooie lijn van de grootvader via de moeder naar de zoon, die allemaal theologie hebben gestudeerd. Hij gelooft dat hij de dood van zijn vader kan goedmaken. Hij gelooft dat hij aan zijn dreigende hand kan ontsnappen. Hij gelooft in de echo's, twistgesprekken en resoluties in zijn hoofd. Hij gelooft in de goede wil die alle armoede zal overwinnen.

En hij gelooft in brillantine. Ineens wil hij dat zijn zwarte haren glimmen. Hij gelooft heilig in de verdubbeling van zijn ik. Hij gaat voor de spiegel staan die boven de wastafel hangt en smeert zijn haar in. Een paar lokken naar rechts en een paar lokken naar links – en vooruit, de straat op. Tarzan voor een uurtje.

In de vestibule hoort hij zijn moeder roepen. Hij doet of hij haar niet hoort. Ze moet nog even blijven denken dat hij boos is.

Arend kijkt in zijn schriftje. Er staan heel wat kruisjes en luchtbellen in. Het lijkt wel het verslag van een landelijk boter-kaas-en-eierentoernooi.

Notulen die verder niemand begrijpt. Maar Arend ziet meteen of er iets uit springt... en wat zijn speciale aandacht verdient... De kruisjes en luchtbellen betekenen voor hem meer dan een simpel rijtje minnen en plussen. Hij ziet dwarsverbanden die elkaar versterken of juist opheffen. Zo eenvoudig is de ideale vriendschap niet. Arend weet dat hij een behulpzame hand moet optellen bij de vriendelijke blik, daarna de ommetjes en zwijgzaamheid moet aftrekken, en dan komt er nog iets bij kijken als de vierkantswortel uit de nabijheidscoëfficiënt tot de derde graad. Hij verzint maar wat. Hij vindt wiskunde vooral grappig. Een schaduwtoneel waarin de hele wereld wordt nagespeeld. Er moet in een hoekje een formule klaarliggen voor het meten van vriendschap. Daar is Arend van overtuigd. Vergelijk het met de weersvoorspelling of de positie van een piratenschip op zee... een kwestie van het invullen van factoren, en kijk... de uitkomst is onweerlegbaar.

Hij doet dat graag, lijstjes maken.

Arend pakt een eerder schrift. Het is een schrift dat de Wereld heet. Hij bladert er vertederd in. Daar heeft hij ook al cirkels getekend... Verderop nog meer concentrische cirkels. Daar loopt een lijntje naar een ballon en hier verdringen de pijlen zich rond een volgekrabbelde vierhoek met tekst. In vette blokletters staat Wereld op de kaft, maar binnenin wemelt het van de piepkleine tekens. Aantekeningen die in grote drift lijken neergepend... Hier, zomaar een pagina met een lijst van Kwade Eigenschappen en Goede Eigenschappen. Daar weer bizarre woordenslangen die over de pagina kronkelen, enkele malen onderbroken door genummerde opsommingen in zijn beste zondagse handschrift. Alsof zijn driftbui tijdelijk plaatsmaakte voor een minuut van bezinning... Zoals hij zijn vriendenschrift van nu heeft opgesplitst in E en K was hij zijn wereldschrift begonnen met een opsplitsing in Mensen en Dingen. Daarna had hij punt voor punt de invloed van de Mensen op de Dingen uitgewerkt en de invloed van de Dingen op de Mensen... En daarna weer had hij resoluut de abstracte en concrete dingen geschift. De wereld begon steeds overzichtelijker te worden. Hij zag het aan zijn handschrift dat er rustiger begon uit te zien en aan de pijlen en vraagtekens die in aantal afnamen.

Voor de meeste mensen bleef de wereld onoverzichtelijk. Het was ze allemaal te breed en te algemeen... De mensen legden te weinig schriftjes aan. Arend schiftte en zeefde en wikte en woog en was nieuwsgierig naar wat hij uiteindelijk zou overhouden. Zolang de wereld onoverzichtelijk en breed bleef had het bijgeloof ruim baan. 'De wereld is vol raadsels,' riepen de mensen dan, terwijl de wereld alleen maar onoverzichtelijk was en zij geen moment van plan waren hun best te doen. De mensen waren te lui om overzicht te scheppen en zich daardoor toegang tot de dingen te verschaffen. O, slimmeriken genoeg die misbruik maakten van zo veel luiheid... Priesters en volksmenners die baat hadden bij al die onoverzichtelijkheid en met het baldakijn van hun overkoepelende troost kwamen aanrennen. 'De levensvatbaarheid van God' heette het laatste hoofdstuk in zijn wereldschrift. God was voor Arend een ander woord voor geestelijke luiheid. Hij had God in zijn schrift grondig aangepakt... hij was met zijn vertakkingen en dwarslijnen tot de grens gegaan en had zich heel dicht bij een verklaring voor het hele heelal gevoeld. Een heelal waarvan zijn eigen hoofd de spil vormde... Hij had een theorie ontworpen, een landkaart van zijn eigen hoofd, en tegelijk was hij de enige bewonderaar geweest van zijn theorie. Arend weet nog goed dat die bewondering wekenlang aanhield.

Nu lijkt het schrift Wereld hem vol onbegrijpelijke kletskoek te staan. De eindsom komt hem volstrekt duister voor, maar aan de drift die ertoe leidde bewaart hij een aangename herinnering. Hij verlangt naar een herhaling van die vervoering. Mooie weken waren het. Het rekenen op zich was ook niet helemaal vergeefs... hij heeft er een paar lessen van geleerd. De les van de restgetallen, bij voorbeeld... dat hinderlijke bijverschijnsel voor elke zoeker die het nu eens precies wil weten. Altijd blijft er iets over... hoe je ook deelt en optelt en vermenigvuldigt en aftrekt... en dan zit er niets anders op dan het te negeren of weg te strepen. De lijnen kloppen, de formaties sluiten zich... en toch valt er iets over de rand. Het lukt Arend niet een wereld te scheppen zonder onrecht. Hij verplaatst zijn wereld van getallen naar de wereld van moraal en godsdienst en hij kan al die rafelranden die maar niet kloppen niets anders dan onrecht noemen. Ongerechtigheden die hem fascineren omdat hij ze niet onder de knie kan krijgen.

De lange gesprekken met zijn moeder hebben hem de overtuiging bijgebracht dat grenzen moeten worden verwijderd en hokjes opgeheven. Grenzen tussen mensen, grenzen tussen landen. En daar zit hij, met een schrift op schoot, en wat hij doet is welbeschouwd niets anders dan het trekken van grenzen en het plaatsen van hokjes. Het zou toch niet op hetzelfde neerkomen?

Daar moet hij in zijn hoofd eens een uitgebreid tribunaal voor organiseren.

Hij kijkt naar wat zijn abracadabra in zijn vriendenschrift hem vertelt over hoe warm of koud E en K zijn. Is er al duidelijkheid of valt er iets te voorspellen? Hoe is de stand, Mieke? zegt Arend tegen zichzelf, alsof hij nog alle hoop heeft op een verrassende uitslag. Zijn vraag is afkomstig uit een radioprogramma waar hij en zijn moeder graag naar luisteren. Het wordt om de veertien dagen op zondagavond uitgezonden op de draadomroep. *Hersengymnastiek*. Arend is niet in staat iets definitiefs te lezen in zijn rijtjes, niet in de symbolen en niet in het commentaar.

'Misschien zijn twee kandidaten gewoon te weinig,' zegt hij tegen de jongen die tegenover hem zit. 'Het kunnen heel goed de verkeerde kandidaten zijn, maar het kan ook zijn dat er te weinig keuze is.' Hij denkt even na. 'Er zou een heel leger moeten bestaan waaruit je kon kiezen,' vervolgt hij resoluut. De jongen luistert aandachtig. Hij is ongeveer net zo groot als Arend. Nu eens knijpt de jongen zijn ogen dicht, dan weer plaatst hij de vingertoppen van zijn rechterhand tegen de vingertoppen van zijn linkerhand. Arends aandacht wordt vooral getrokken door zijn adamsappel die onregelmatig op en neer gaat. Het gezicht van de jongen is door het lampschijnsel rechts donkerder dan links. 'Hoe minder kandidaten, hoe groter de kans dat ze op elkaar lijken – of dat er meer overeenkomsten zijn dan verschillen.' 'Maar zo'n leger dat je kansen vergroot bestaat niet,' antwoordt de jongen. Arend protesteert. 'Elke dag komt hiertegenover, aan de andere kant van de straat, een leger jongens op zwarte fietsen aangemarcheerd.' Hij beseft dat aanmarcheren beter bij leger past dan bij fietsen, maar voordat Arend zich voor zijn woordgebruik heeft kunnen verontschuldigen hoort hij: 'Maar daar kun je niet bij.' Arend schudt treurig met zijn hoofd. 'Nee, daar kan ik niet bij.' Hij houdt zijn ogen strak gericht op de adamsappel. 'Als ik over een paar jaar naar de stad ga zal alles anders zijn,' hoort hij zichzelf zeggen. 'Ik moet kunnen kiezen,' vervolgt hij. 'Ik wil de dirigent zijn, niet het koor. Nee, ik wil dat er een dirigent is die mij hoort. Ik heb iemand nodig om gehoord te worden.' Hij ziet de jongen op de stoel tegenover hem meewarig glimlachen. 'Waarom zou je niet zomaar een vriend kunnen tegenkomen?' smaalt de jongen. 'Kijk daar eens, daar zul je de ideale vriend hebben, daar komt hij aangestapt, zomaar om de hoek.' Het kan Arend niet ontgaan dat het meewarige glimlachje om de lippen van de jongen niet wil wijken. Er valt een korte stilte. Uit de mist – of om de hoek van de straat, dat is Arend nu om het even – duikt inderdaad toevallig iemand op, iemand die hij nooit heeft gezien en die ook op niemand van de gestalten die zich in zijn geheugen hebben genesteld lijkt, en hij weet meteen dat dit de vriend is die hij zoekt. Een vriend voor eeuwig, al zullen ze elkaar soms jaren achtereen niet zien. Hij heeft zichzelf beloofd dat hij hem nooit kwaad zal doen en dat hij nooit iets kwaads over hem zal denken. Omgekeerd verwacht hij hetzelfde. In alle stilte verwacht hij dat. Niet als tegenprestatie, maar omdat het zo hoort. Rare gedachten, die hij zo snel mogelijk van zich af moet zien te schudden. Wat als die ander die daar zo onverwacht opduikt hem niet eens zou zien staan? Wat als hij gewoon dwars door hem heen zal kijken, alsof hij lucht is? Wat als die gestalte niet naar hem kijkt, maar naar een vlieg op zijn wang, naar een boomblad dat in zijn haar is gedwarreld, of naar iemand die pal achter hem staat? Even krijgt Arend het benauwd. Hij voelt het bloed naar zijn wangen stijgen. Hij hapt naar adem. Zijn gesprekspartner wacht geduldig op zijn antwoord – maar toch ook wel nieuwsgierig. Arend besluit het over een andere boeg te gooien. 'Moet een vriend niet geheim zijn?' zegt hij onverwacht. Toch heeft hij zich die vraag wel vaker gesteld. Op al die variëteiten van vriendschapsbetuigingen en vriendschapsafspraken komt het misschien niet aan... Vriendschap is een stilzwijgende afspraak tussen iemand die hij heeft gekozen en iemand die hem weer heeft gekozen, zonder dat ze het van elkaar weten. Dan hebben al die schriften en lijstjes dus ook geen zin. 'Moet een vriend niet geheim zijn?' herhaalt hij peinzend. Het blijft stil aan de andere kant.

Arend ziet de jongen niet meer. Hij heeft zich teruggetrokken in Arends hoofd.

Aan zijn vader bewaart hij nauwelijks herinneringen. Hij weet dat zijn moeder huilde op de dag van zijn begrafenis en dat ze zich voor haar tranen leek te schamen. Hij heeft eerbied voor het portret. In het echte leven heeft hij zijn vader nooit recht in de ogen gekeken, alsof hij toen al wilde dat hij het zich later niet zou herinneren. Eén keer heeft hij een pak slaag gehad. Hij lag al in bed. Het moet in de zomer zijn geweest, want buiten was het nog niet donker. Zijn vader stootte hem wakker, trok hem op zijn knie, stroopte zijn pyjamabroek naar beneden en gaf hem een paar loeiharde tikken op zijn billen. Hoe wist hij dat Arend die dag een klasgenootje had verklikt? Zijn moeder moet het verhaal aan zijn vader hebben overgebriefd, hetzelfde verhaal dat hij die middag aan haar had verteld. Iemand in de klas had de dop van een fietsbel gestolen. Toevallig ging het om de fiets van de meester. De meester had Arend streng aangekeken en toen had hij naar het klasgenootje gewezen. Met de wijsvinger van zijn rechterhand. En ja, de bel bolde in diens broekzak. Het was de enige keer dat Arend door zijn vader was aangeraakt. Dat was genoeg. De boodschap was doorgedrongen. Verklikken doe je niet. Verklikken doe je nooit, zelfs niet als de ander een moord zou hebben gepleegd.

Met zijn moeder heeft hij het hoogstzelden over zijn vader gehad. Hij voelt dat zij daar moeite mee heeft. Nu zit hij met zijn moeder bij het kastje van de radiodistributie.

De radio is zijn grote hartstocht. De gekste stemmen komen daaruit, zingend en lachend, allerlei dialecten, duistere tongvallen. In de radio houdt zich de hele wereld schuil, met zijn knarsende grindpaden, kerkklokken en hammondorgels. Ministers heeft hij erop gehoord die hem met geruststellende stem toespraken, meisjeskoren heeft hij erop gehoord die hem op engelenvleugels meevoeren. Het klotsen van de zee, het signaal van een stoomboot, het trompetteren van een olifant, hij kent die geluiden alleen van de radio. Er is een katholiek geluid, een liberaal geluid en er is het geluid van de socialisten. Socialisten zijn mensen die 's morgens meteen bij het opstaan een strijdlied aanheffen. Liberalen houden van jazz en hersengymnastiek. Katholieken van kinderkoren. In Arend zit van alle drie wel een beetje.

Op de radio lijkt iedereen altijd even opgeruimd. Er is een oorlog geweest, fluisteren ze. Maar waar is die oorlog?

Het is zondag. Zijn moeder heeft een drukke werkdag achter de rug. Tijd voor ontspanning. *Hersengymnastiek.*

'De laatste drie vragen voor de overblijvers!' De stem van de presentator klinkt als vanouds warm en bemoedigend. Arend zit met zijn moeder aandachtig te luisteren. Ze doen altijd mee met het vraag-en-antwoordspel en als de spanning op de radio wordt opgevoerd schuiven ook zij naar het puntje van hun stoel. Soms vinden ze de vragen belachelijk eenvoudig, maar er zitten ook knappe vragen tussen waarop ze niet zomaar een-twee-drie het antwoord weten. Hun kennis op het gebied van muziek, aardrijkskunde en geschiedenis loopt vrij gelijk op, maar als het om buitenissige weetjes gaat is Arend er met zijn antwoord meestal als eerste bij. In strikvragen zijn ze geen van beiden bedreven. 'Hoe kunt u lachen en zuur zien tegelijk?' Antwoord: 'Lachen tegen een fles ingelegde augurken.' Dan kijken hij en zijn moeder elkaar vertwijfeld aan. Rekenen, jawel, daar heeft Arend ook de meeste handigheid in. 'Er lopen twee mensen op een tegeltrottoir,' had de man met de warme stem eerder op de avond gezegd. 'De een heeft lange benen en slaat bij 1 stap 3 tegels over, de ander heeft korte beentjes en slaat slechts 1 tegel over. Hoeveel maal loopt de lange sneller?' Tweemaal dus. Met zulke vragen heeft Arend geen moeite. De lange doet vier tegels per stap en de korte twee. Dat is voor een kieviet geen strikvraag, maar juist een uitnodiging om de gegevens goed te rangschikken. Nu zijn ze beland bij het laatste deel van de uitzending van vanavond. Een van de overgebleven kandidaten had ook de tegelvraag goed. 'De eerste vraag: Kunt u drie schilders noemen wier namen met een R beginnen?' 'Rembrandt, Rubens, Renoir,' roept Arend. Het lijkt of het applaus op de radio hem geldt. 'Ruysdael?' Hij kijkt zijn moeder schouderophalend aan. Koud kunstje. 'Tweede vraag: De voorouders van president Roosevelt zijn in Nederland geboren. Weet u in welke gemeente?' 'Oud-Vossemeer,' klinkt het stellig en zonder aarzelen uit de mond van zijn moeder. Nogal wiedes, ze is op Tholen geboren. Arend kijkt haar aan of ze van geluk mag spreken. Dat hoort allemaal bij het spel. 'Hoe heet een inwoner van Oudewater?' Het is meteen de laatste van de beslissende drie slotvragen. Op de achtergrond klinkt beleefd gegniffel, met één gilletje dat boven alles uit klinkt. Arend zet de vierstandenschakelaar van de radio op nul.

Nul, het getal dat overschiet als de andere vier zijn uitgeschakeld. Stilte.

Een tijdlang zitten zijn moeder en hij zwijgend tegenover elkaar. Dan, uit zondagavondverveling of zomaar weer uit gekkigheid, zegt Arend: 'Je

hebt het maar gemakkelijk als je in God gelooft.'
Hij weet niet waarom hij dat juist nu zegt, misschien omdat iemand die in God gelooft ook alle antwoorden op alle hersengymnastiekvragen weet. De wenkbrauwen van zijn moeder gaan omhoog. 'Ik geloof niet dat je weet wat je zegt,' reageert ze. Ze heeft vandaag gepreekt, bemoedigd, getroost, geregeld, gedraafd, gewaarschuwd en gedoopt. 'Je hebt het maar gemakkelijk als je in God gelooft,' herhaalt Arend, op droge toon. Zijn moeder staat hoofdschuddend op en verlaat de kamer. Ze is duidelijk gepikeerd.

Arend blijft alleen achter. Nu is zijn moeder boos. Dat is toch weer een heel andere belevenis dan wanneer hij zelf een beetje aangebrand is. Zijn vrienden, zijn kandidaat-vrienden, zijn noodvrienden, ja zijn spelletjesvrienden keren terug in zijn hoofd. Kurt is de meest serieuze. Dat kan haast niet anders als je vioolspeelt en een Duitse vader hebt. Erik is de meest plooibare. En hij heeft sproeten. Het grappige is dat hij medicijnen wil gaan studeren in de stad en dat zijn vader dokter is. Arend gaat theologie studeren en zijn moeder is dominee. Ze vinden dat allebei wel geestig. Geestigheid is ook niet genoeg. Kurt is sterker. Arend voelt de kracht van Kurt als hij naast hem loopt. Hij wil gerust Kurts schooltas dragen. Ach, in de stad zullen er straks zo veel vrienden zijn. Dezelfde hoeveelheden jongens – zwermen – die hij ziet bij de school aan de overkant. Daar zal hij vast een goede geestverwant tussen vinden. Wie in het leven niet oplet blijft zitten met kwalen, schulden, de verkeerde vrienden, een gebroken arm. De verkeerde vrienden, dat zal hem niet overkomen. Zijn vriend moet sterk zijn. Zijn vriend moet hem het gevoel geven dat hij aan de goede kant staat. Zijn vriend moet zijn dromen stutten. Zijn eigen dromen zijn te zwak. Zijn moeder noemt het geen toeval dat hij juist tegenover de ambachtsschool is geboren en opgegroeid. Dat heeft Arend haar duidelijk eens horen zeggen. Ze ziet het als een vingerwijzing Gods en het had te maken met de broederschap tussen de mensen... uit welke stand en uit welke wijk van het dorp ze ook komen... Maar de jongens van de ambachtsschool zijn onbereikbaar. Overdag ziet hij ze zitten, terwijl ze eten uit hun broodtrommeltje en de kruimels van hun blauwe overalls vegen. Eén speelt mondharmonica en soms rollen ze in schijnruzies over de grond. Dan weer zitten ze stil voor zich uit te staren. Arend ziet de schaamte op hun gezichten. Hij zou in staat willen zijn om er daar eentje uit te kiezen. 'Jij bent mijn vriend,' zou hij zeggen en dat was het dan. Misschien, schiet hem nu te binnen, is het gewoon belangrijker dát je een vriend hebt dan wíe je als vriend hebt. Al die jongens worden in het grote gebouw opgeleid voor een baan. Ze zullen gaan werken voor een baas. De baas zal rijker en rijker worden en zij zullen net genoeg geld overhouden om hun zoons weer naar de ambachtsschool te sturen. Ze zitten voorgoed in een cirkelgang gevangen. Als ze aan het eind van de middag op hun fietsen uitzwermen, voordat de auto van de directeur als laatste het lege pad verlaat, zullen ze opnieuw een wolk van blauwe stippen zijn. Arend hangt uit het raam en het is alsof er geen verschil bestaat tussen wat hij ziet en wat hij heeft gedroomd.

De mensen in overalls, de mensen in lompen, de mensen met lege handen en de schaamte op hun gelaat zijn er om door hem gezien en gesteund te worden. Zijn moeder heeft gelijk. Hij moet onoverwinnelijk worden om die drommels aan de overwinning te helpen. Door strijd en kameraadschap. Zijn moeder heeft hem vaak genoeg over haar studietijd verteld, over de strijd en de tegenwerking van toen en over haar rotsvaste geloof in de 'zachte krachten'. Die twee woorden gebruikt ze opmerkelijk graag.

Ook hij zal een steun en toeverlaat vinden. Als het tijd wordt om te kiezen zal hij kiezen.

Kort voor bedtijd komt zijn moeder nog even langs. 'Je weet dat je alles van me mag,' zegt ze. En vervolgens, nadrukkelijk: 'Bijna alles.' Arend stamelt een verontschuldiging. Hij weet niet precies hoe hij moet reageren. Dat arme hoofd van hem. Hij verzekert haar nog maar eens dat hij zich verheugt op zijn studie. Theologie, hoera. Dat hij met zijn studiekeuze ook niet in militaire dienst hoeft, gelukkig, vertelt hij er niet bij. Zijn moeder moet denken dat het een klein beetje om God gaat. Ze barsten tegelijk in lachen uit. Hij zet *Botch-a-Me* van Rosemary Clooney op, pakt zijn moeder om haar middel en samen dansen ze als uitgelaten inboorlingen de kamer door.

2

'Kameraden, de hoogste tijd! Nu is het aan jullie om de handen uit de mouwen te steken. Er is een einde gekomen aan de periode van het geschipper en van het-zal-allemaal-misschien-wel-meevallen. We hebben de strijd aangebonden met behulp van spel en dans, we hebben de weg van de zachte overreding bewandeld. We hebben alle vriendschappelijke mogelijkheden uitgeprobeerd. Waar is het op uitgelopen, kameraden? Op niets.' Iedereen in de zaal staat aandachtig te luisteren. Joep is een begaafd spreker. Zelfs zonder megafoon is hij altijd woord voor woord te volgen. 'Wat is er terechtgekomen van de dialoog waar ze ons om hebben gesmeekt? Niets. Alle kansen hebben we de bestuurders gegeven. Maar hebben de heren regenten geluisterd? Nee. Hoorden de heren regenten de redelijkheid in onze stem? Nee. De heren regenten bleven blind. De heren regenten ontpopten zich als de laffe slaven van het militair-industriële complex. Daar ligt hun boterham, daar ligt hun loyaliteit. Zie ze lopen, met knikkende knieën, met het slijm om de mond, aan de leiband van de generaals en de geldmagnaten. Kameraden! Wat gisteren nog een hersenschim was begint nu tastbaar te worden en ligt binnenkort als een goudkorrel voor het oprapen, voor ons allemaal, tussen het waardeloze puin en oudroest van de uitbuitersmaatschappij!' Het is een lange, bijna poëtische uithaal en Joep moet even op adem komen. 'Het wordt tijd om afscheid van de uitbuiters te nemen,' vervolgt hij op iets rustiger toon, maar niet minder resoluut. 'Afscheid van de heren. Hardhandig afscheid. Het wordt ook tijd om afscheid te nemen van al jullie kameraden die nog in dans en spel en blijheid geloven. Sleur die blije glimlach van hun gezichten! Het heeft niet gebaat, kameraden! Een fopspeen is het geweest, het gezwam over dialoog en vreedzame oplossingen. Velen van ons is het lachen al vergaan en morgen zullen er meer bloedserieuze gezichten bij komen en overmorgen nog meer. Wie nu nog in het geloof aan ludieke oplossingen volhardt is een renegaat!' Joep spreekt het woord ludiek uit zoals een kind het woord spinazie. De mannen links en rechts van Joep applaudisseren. De toehoorders in de zaal

– met alleen maar staanplaatsen – volgen hun voorbeeld.

Joep staat voorovergebogen in het midden, aan een lange tafel die met een groen laken is bedekt. Aan de voorzijde zijn op het laken pamfletten geprikt en affiches op miniformaat. Ze hangen schots en scheef. Midden op de tafel ligt een megafoon klaar, voor sprekers die niet zo'n geweldig stembereik hebben als Joep.

'De dood aan de ratten!' roept iemand uit de zaal. Arend kent de jongen met de warrige baard die dit roept. Op alle vergaderingen en manifestaties roept hij dezelfde zin. Hij heeft een smal, verbeten gezicht, voor zover daar iets van te zien valt. Elke keer dat hij 'de dood aan de ratten!' roept schudt hij woedend met zijn rechtervuist. Vervolgens maakt hij een gebaar of hij de executie van de ratten ter plaatse aan het voltooien is. Niemand van de aanwezigen kijkt nog van hem op. Niemand lacht hem ook uit. Er wordt helemaal niet gelachen. Soms wacht de baardman op een volgende gelegenheid om met zijn vaste repertoire te interpelleren en daarmee de woorden van de spreker kracht bij te zetten, een andere keer stevent hij na de eerste interpellatie meteen de zaal uit, op weg naar een volgende protestvergadering. Intussen is Joep nog steeds aan het oreren. Arend pakt moeiteloos de draad op... 'Studieloon, huisvesting, externe democratisering, democratisering van het wetenschappelijk onderwijs – niets van dat alles, kameraden, kan tot stand komen als we ons niet met vereende krachten keren tegen het stelsel... Net zo lang tot het stelsel het begeeft... Morgen, kameraden...'

Af en toe moet Arend op zijn tenen gaan staan om over een schouder van een student heen te kijken. In de stad is hij allang niet meer de langste.

Boven hun hoofden wapperen verkleurde guirlandes van een vorige bijeenkomst, flarden papier die vergeefs proberen de herinnering aan een feest op te roepen.

'Jullie, die krampachtig vasthouden aan jullie gezag, sidder!' Joep heeft het duidelijk tot de niet aanwezige regenten. 'We zullen ons ditmaal niet laten afschepen met fooien of laten paaien met valse beloften!'

'Actie! Actie!' klinkt het hier en daar in de zaal. Er wordt gefloten.

'Eens zal de hele wereld bevrijd zijn van dit ongelegitimeerde tuig...' De spreker snakt naar adem. Zijn woorden gaan onder in het gedruis, dus zijn benauwdheid valt niet op.

Gelukkig is dit een spreker die geniet van het gejuich en het applaus. Hij is zelfs bestand tegen het boe-geroep, tegen de warrige baard en tegen de protesten van het kleine groepje dat altijd boeroept en op elke bijeenkomst protesteert. Dan gaan er wel eens een paar zinnen in de zee van geluid verloren. Op dit soort bijeenkomsten dienen zich ook genoeg sprekers aan die alleen maar te volgen zijn als de anderen hun mond houden.

Arend vertrekt. Hij weet al zeker dat zijn volgende bestemming opnieuw een protestbijeenkomst zal zijn. In de aula en op de binnenpleinen van de universiteit, in fabriekshallen, in leegstaande kantoren, overal wordt gediscussieerd. Wat kent de stad veel vergeten zaaltjes waar tot voor kort alleen nog een handjevol bejaarde vrijdenkers bijeenkwamen! Krantenredacties en boekhandels stellen vergaderruimte ter beschikking.

Hij fietst door de stad en geniet onverminderd van de lange, door huizenrijen omzoomde straten, die hem het gevoel geven door dakloze tunnels te rijden. Hij kijkt naar de balkons, de verweerde sponningen en de portieken. Hij kijkt nooit eens naar de hemel. Daarboven is het niet interessant. Interessant zijn de eindeloze rijen vensters. De erkers waar zelden iemand te zien valt en de balkons waarop iemand nauwelijks kan staan. Er zijn veel auto's om voor uit te wijken. Arend overleeft elke fietstocht.

De stad zit vol smalle trappen, kelderwoningen, achterhuizen en geheime kroegen. Sommige bruggen kan hij alleen over met de fiets aan de hand, zo steil zijn ze. Dan weer komt hij terecht in een straat waarvan hij het einde nauwelijks kan zien. In het verdwijnpunt beweegt iets, ja er lijkt in de verdwijnpunten altijd iets te bewegen, maar hij ziet niet wat. Voetgangers die oversteken? Een verhuizing? Een bestelauto die kolenzakken aflevert? Als hij dichterbij komt is de kluwen weer opgelost. In de geheime kroegen zitten geheime mensen, oude mannen en vrouwen die niemand kent, maar bij wie hij graag gaat zitten om naar hun verhalen te luisteren. Ze drinken jenever uit kleine glaasjes die door de kastelein worden volgeschonken, tot de jenever over de rand begint te bollen. Ze zijn ook gul met hun verhalen. Arend kent een café dat zo smal is dat de klanten er naast en tegenover elkaar langs de muur zitten. Een tijdlang is het zijn lievelingscafé geweest. Aan de tapkast, haaks op de ruimte, is voor niet meer dan vier, vijf man plaats. De kastelein staat achter zijn toog als in de cabine van een vrachtwagen. Hij vult de hele cabine met zijn enorme gestalte. Er zit een zijklep aan de toog die hij moet optillen om met zijn dienblad met glazen en schenkfles het café te bereiken. Hij hijgt er elke keer van. Als hij alleen maar een schoteltje pinda's moet brengen bukt hij zich ook wel eens om snel onder de klep door te kruipen. Achter de tapkast, boven het hoofd van de kastelein, bevindt zich een plank waarop een grote collectie koffers staat. Tropenkoffers, koffers met leren riemen, tweedehands dokterstassen, duidelijk een verzameling die veel heeft meegemaakt. De hengsels zijn vet en versleten. Er zit een hutkoffer bij, extra grote maat, met verkleurde labels van stoomvaartmaatschappijen. De bezittingen van zijn vaste klanten, legt de kastelein uit. Vaste klanten… het café kent alleen maar vaste klanten… Arend wordt geregeld op zijn schouder geslagen. Een vrouw met een vervilte haardos en een vuurrode knobbelneus stelt zich fluisterend voor als de onechte dochter van koning Willem, waarna ze haar vinger bevend naar haar lippen beweegt alsof ze Arend wil beduiden dat hij het echt niet verder mag vertellen. Ze is al de derde onechte dochter van koning Willem die Arend in zijn korte stadsleven heeft ontmoet. Een uitgedroogde man – uitgedroogd vanbuiten, niet vanbinnen – vraagt hem zijn leeftijd te raden. Zestig? aarzelt Arend. Hij weet dat hij hier beleefd moet blijven. 't Zijn allemaal vriendelijke oude mensjes, maar voor je het weet breekt de hel los. Tweeënnegentig! juicht de man en probeert er een gezicht bij te trekken of hij zelf niet in het minst verbaasd is dat hij nog leeft. Zo hoort het, jongeman. Zo doen wij dat. Dankbaar accepteert hij een consumptie van Arend. Met bollende rand. Arend kan zijn blik niet afhouden van de koffers. Ze laten een wereld vermoeden van kreukels, spinrag, schimmel en ongedierte. De kastelein ziet hem kijken. 'Op een dag gaan we allemaal dood,' zegt hij. Als er geen kasteleins en kalenders bestonden was het met de waarheid in de wereld droevig gesteld. 'Dan laat ik hun spullen maar liggen.' Arend begrijpt dat sommige van die vooroorlogse koffers daar al tien jaar geleden zijn achtergelaten en dat er zich nooit iemand heeft aangediend om ze op te eisen. Boem! Achter in de pijpenla valt iemand om. Hij wordt door drie andere klanten opgetild en teruggezet op zijn stoel tegen de muur. Hij begint luid te lachen. Niets aan de hand, wil hij daarmee zeggen. Maar Arend ziet de doffe, godverlaten blik in zijn ogen. Iets later op de middag – er valt nog spaarzaam licht door de hoge tuimelvensters naar binnen – bevindt Arend zich ter hoogte van de oude man die eerder is omgevallen. Het café is vol en de nieuwe klanten hebben Arend centimeter voor centimeter naar achteren geduwd. De kastelein is onder de klep door gekropen en heeft persoonlijk een handvol kwartjes in de jukebox gegooid. Arend ziet de lippen van de oude man met het lied meebewegen. *Every road I walk along I walk along with you. Lover come back to me.* Alsof hij Arend nu pas voor het eerst ziet probeert hij de resten vloeipapier van zijn vlekkerige colbertjasje te slaan. Deftig gaat hij rechtop zitten. Met wijd opengesperde ogen kijkt hij naar

Arend. 'Ik heb tien jaar in Afrika gewoond,' zegt hij, zonder verdere introductie. 'Prachtige mensen, prachtig land.' Arend wordt opzij geduwd door een vrouw die zich meer schuivend dan lopend voortbeweegt en zo demonstratief naar iemand op zoek is dat een kind begrijpt dat ze niet weet naar wie ze op zoek is. Hoofd gebiedend achterover. Ze draagt pantoffels, zoals meer oude vrouwen in dit café, een gebreide jurk en drie houten kralenkettingen. 'Hier ben ik alles kwijt,' hoort hij de oude man nog zeggen voordat hij geheel verdwijnt achter het vierde exemplaar van de onechte dochter van koning Willem. Er verschijnt een onhandige glimlach om Arends lippen. Hier is iedereen alles kwijt, kan hij niet nalaten te denken. Intussen is hij ook zelf een beetje dronken geworden. Hij laat zich zomaar aan de kant duwen en hoort zomaar verhalen aan waarvan hij niet weet of ze al of niet verzonnen zijn, maar die altijd even vertrouwelijk klinken. Hij deelt glaasjes uit en krijgt glaasjes. Hij wordt gedoogd door de reus van een kastelein. Hij is, kortom, gelukkig in deze smalle ruimte. Dadelijk zal hij zich zo beleefd mogelijk terug worstelen naar de oude man tegen de muur, om hem uit te horen over het verre Afrika. Of om diens verhalen ongevraagd op zich af te laten komen. In de uren die hij hier doorbrengt heeft hij echt het gevoel gelukkig te zijn. Van het zoeken naar vriendschap is hij af en toch beleeft hij hier een vorm van vriendschap.

De herhaling en eentonigheid van de gevelrijen vindt hij terug in het straatbeeld. Met grote regelmaat zijn er rookbommen te zien. Of voert de politie een charge uit. De agenten beginnen er zomaar op los te slaan, of er nu iemand komt aanfietsen of niet. De slachtoffers stuiven uiteen en de agenten stappen alweer in hun busjes, op weg naar de volgende charge. De busjes worden onveranderlijk gevolgd door een regen van straatkeien. Arend fietst kalm door de naweeën van de burgeroorlog heen. Het beeld is hem volkomen vertrouwd geworden.

Hier smeult nog een opzijgeschoven barricade na, daar balanceert een pikzwarte wolk boven vlammende autobanden. Ze roepen dat de wereld in brand staat, maar Arend vindt deze lokale vuurtjes... hoe zal hij het zeggen... nogal geruststellend. De week is pas halverwege en hij heeft al dertig straatvuren gezien en vierentwintig politiecharges. Zeven keer werd er in zijn nabijheid een rookbom gegooid. Op de fiets kan hij dit gemakkelijk bijhouden.

Arend voelt aan zijn sikje. Arend strijkt door zijn lange haar. Sinds hij in de stad is draagt hij een sikje en lang haar. Het zijn nog dezelfde zwarte lokken, maar dan zonder de krullen en de verborgen schuilhoeken van vroeger. Vogelnesten noemde zijn moeder die altijd. Echt lang haar is het niet… halflang haar is het, tot net over zijn schouders… niet dat lange golvende dat je bij het merendeel van de kameraden ziet. Dat halflange is een concessie aan zijn moeder. Twee keer in de maand, in het weekend, bezoekt hij haar en hij wil haar niet al te zeer laten schrikken.

De rookbommetjes en de lekkende vlammen horen net zo bij het straatbeeld als de winkelmeisjes en de lantaarnpalen.

Overal protesten, overal leeftijdsgenoten die het over de 'strijd' hebben, overal jongens en meiden die zich, over de ideale wereld discussiërend, al een eind dichter bij die ideale wereld voelen, maar ook de draaiorgels blijven spelen en de stoplichten worden nog altijd gehoorzaamd. Het dagelijkse leven gaat verder. Mensen zijn aan het winkelen, trams bellen als ze de hoek omkomen.

Arend vindt de protestbijeenkomsten allemaal even prachtig, maar tegen welke dreiging wordt hier in de stad precies gedemonstreerd? Hij ziet geen honger. Hij ziet geen bedelaars. Bovendien krijgt hij wel eens de indruk dat de hoge heren moe zijn en blij zullen zijn dat ze het veld mogen ruimen. Ze wachten gewoon af tot ze weggestuurd worden… De hoge heren willen helemaal niet vechten. Maar meteen bedenkt hij zich weer.

Achter de schermen zullen de heren vast niet stilzitten. Hij moet zichzelf niet voor de gek houden.

Dat de wereld op straat gewoon doorgaat en hem elke dag opnieuw iets schilderachtigs voorzet... daar voelt Arend zich vaak heel rustig bij. En vervolgens neemt zijn onrust weer de overhand. Is hij wel onverbiddelijk genoeg jegens de hoge heren – jegens alle heren die niet deugen, politieagenten, oudjes met de borst volgespeld met militaire onderscheidingen, houwdegens en moordenaars van steen of brons die op sokkels staan?

Nooit verlaat hem het besef dat hij tussen die opeenvolgingen van huizenrijen en tussen die talloze onbekenden op de protestvergaderingen naar iets op zoek is. Fietsend langs de gevels mag hij zich nog zo verwonderd en opgetogen voelen, hij mag zich nog zo één en vertrouwd wanen met de deinende golf van onbekenden, nooit verlaat hem die stekende pijn van het ontbrekende. Een vertrouweling, een reisgenoot.

De wereld zit boordevol kameraden. De wereld zou dus vol kameraadschap moeten zitten. Hoeveel kameraden heeft hij inmiddels niet? Geen woord dat hij zo vaak hoort en uitspreekt. Maar nog altijd heeft hij geen echte vriend... iemand die hij in vertrouwen kan nemen.

Kameraadschappen en broederschappen versterken het maatschappelijk weefsel. Het wordt hem dagelijks ingepeperd. Pijnlijk beseft Arend dat hij de stap van formele kameraad naar bloedbroeder nog moet maken. Het voelt aan als een tekort. Hartstochtelijk wil hij het weefsel van de solidariteit versterken, maar hij versterkt het vooralsnog met een surrogaat. Hij wil een strijdmakker om van zijn algemene strijd een persoonlijke strijd te maken. Het hart wil hij, niet de pamfletten en de slogans.

Er is altijd wel ergens een protestbijeenkomst. Toespraken en oploopjes zijn dagelijks kantinevoer geworden. Meestal zijn het dezelfde jongens die het woord voeren en die als attractie van bijeenkomst naar bijeenkomst verhuizen. Het is niet ongebruikelijk dat Arend naar een protestvergadering fietst om te luisteren naar dezelfde redenaar die hij heeft gehoord op de vergadering waar hij vandaan komt. Het doet hem denken aan zijn moeder en haar domineeskring. Een dominee moest op één zondag ook vaak meerdere kerken bedienen. Dan trok hij... of zij... van gehucht naar gehucht. Elke kerk had zijn vaste kerkvolk, maar elke dominee sleepte ook steevast zijn eigen groep supporters mee. Kerk en revolutie... het is een zondige associatie, hij kan het werkelijk niet helpen.

Arend heeft ook zelf wel eens het woord gevoerd. Het werd geen succes. Hij hakkelt te veel, hij denkt tussen de woorden te lang na, hij kan geen luide keel opzetten. Als hij aan zijn spreekbeurt terugdenkt voelt hij zich nog altijd bedremmeld. Ze hadden hem niet bij het eerste woord al uitgejouwd, maar de manier waarop ze hun hoofden wegdraaiden... het signaal was duidelijk genoeg geweest. Aan zijn woorden kon het niet liggen. Hij had trouw geprobeerd te herhalen wat hij de dag daarvoor had horen zeggen. De rottende maatschappij. De rol van de voorhoede. Een rol... een rol... Arend broedt altijd op een rol. Maar voor spreker is hij niet in de wieg gelegd. Hij is een dirigent zonder woorden. Een dirigent in eigen gedachten. Een volger, een meezinger, geen voorman.

De meeste tijd en energie van de vergaderingen gaan op aan onbeduidende details, specifieke studenteneisen zoals het studieloon, het nijpende kamertekort en de studenteneettafels, maar als alles achter de rug is en, hoe kan het anders, met meerderheid van stemmen is aangenomen volgt zonder mankeren de Openbaring van de Vijand... het mondiale monster van het gezag, 'het militair-industrieel complex', een geruststellende zee van onrecht waarin al het kleine leed en al die ordinaire onrechtvaardigheden kunnen uitwaaieren. Woorden als macht en manipulatie vliegen door de zaal, om iedereen te herinneren aan het feit dat die begrippen ook al een rol speelden in de oproepen tot vrije liefde en studentenkortingskaarten. Soms wordt er in dat stadium hardere taal gebezigd en roept iemand op tot geweld. Extreem geweld. 'De dood aan het kapitalistische zwijn.' Dan reageert de zaal nogal tweeslachtig, hier een applaus en daar een fluitconcert. Voorstellen worden gedaan om galgen en vuurpelotons op te richten. En meteen wordt het maar in stemming gebracht. Veel handen gaan omhoog en zie, weer een vijand van het volk geëxecuteerd. Te zwak fluitconcert vandaag.

Er is geruzie over functies. Filosofen en psychologen worden door een collectief in de ban gedaan door ze als rechts of fascistisch te bestempelen. Over de installatie van raden en de controle op het democratiseringsproces wordt geredetwist. Er wordt gestemd over kiesdrempels, speciale rechten, onderhandelingsmissies. Als evidente onvrijheden niet stroken met de god die vrijheid heet worden ze per handopsteken omgedoopt tot vrijheden. Steeds hetzelfde beeld... een comité achter een lange tafel, een zaal met rokende, fluitende en vuisten ballende toehoorders... waarna ter afsluiting een verhitte discussie of juist een sentimentele solidariteitsdans. Hoe meer decreten er worden uitgevaardigd, hoe groter het aanzien van het comité achter de lange tafel wordt. Het merendeel van de besluiten komt neer op het delegeren van bevoegdheden. De bevoegdheden worden almaar groter en de besluiten almaar futieler. Als het ideaal eenmaal is bereikt zal de noodzaak tot besluitvorming zijn opgeheven. Arend is getuige van 'het democratiseringsproces'. Alles gebeurt van onderop. Blijmoedig en van onderop. Strijdvaardig en van onderop. En Arend staat met zijn neus vooraan.

De diepere betekenis van het geruzie en gehakketak dat ze hardnekkig discussie of besluitvorming blijven noemen ontgaat hem. Hij is koeltjes getuige van de details, maar wat hem bedwelmt is de atmosfeer. Hij zou zich moeten verdiepen in de details, maar hij weet nu al dat ze van hem af zullen glijden als waterdruppels van een geolied zeildoek. Hij is er volmaakt tevreden mee dat hij deel uitmaakt van een groter geheel. Dat geheel weet wat goed voor hem is. Dat weet hij zeker. De wereld die meetelt bestaat uit mensen als Arend. De nieuwe wereld bestaat uit mensen als Arend. Mensen die niet als Arend zijn zullen ongemerkt afsterven. Op zekere dag zullen ze gewoon verdwenen zijn en niemand die nog weet dat ze hebben bestaan. Iemand die zou beweren dat Arend in deze wereld is verdwaald heeft het lelijk mis. Hij hoort erbij en dat is genoeg. Hij en zijn kameraden hebben geen bewustmaking nodig. Bewustmaking is voor de vijand, voor de sukkels die nog overtuigd moeten worden. Al vraagt hij zich soms af waarom hij de sukkels nog zou willen overtuigen, als ze toch binnenkort ongemerkt verdwenen zullen zijn.

Ook de gek met zijn blikken hoed die schreeuwend door de stad loopt en soms midden op een kruispunt het verkeer begint te regelen hoort bij zijn wereld. Ook de baardman in de lakense jas die in een zijstraat een winkeltje drijft in koekblikken en militaire onderscheidingen en van wie ze fluisteren dat hij zwarte missen organiseert hoort bij zijn wereld. Baardman verkoopt ridder-ordes voor een gulden, originele ridderordes, en ze vliegen weg, al mogen ze van de officiële autoriteiten niet publiekelijk gedragen worden. 'Officieel', 'autoriteit', 'kantoorvolk', 'sukkel', het rijtje belachelijke woorden groeit zienderogen. Ook de travestiet die elke zondag op het plein met een fruitmand op zijn hoofd pamfletten uitdeelt waarin de overheidsbemoeienis met het fluor in het drinkwater aan de kaak wordt gesteld hoort bij zijn wereld. Welbeschouwd is Arend nog een van de normaalsten van het stel. Alsof iemand om normaal te zijn niet zijn best hoeft te doen. Normale mensen als Arend zijn verkapte gekken, allemaal. Dat is zo'n beetje de heersende gedachte.

Arend zegt: 'Arbeidersautonomie.' En: 'Traangas.' En nog iets met 'proletarisch' en 'anti-imperialisme'. Met een groepje zitten ze in een volkscafé, zoals elk café heet waar nog 'gewone mensen' komen. Rookwolken tot zover het oog reikt, mannetjes in de hoeken en mannetjes aan de toog, met een echte spuugbak van vroeger aan hun voeten. Zowel in de binnenstad als in de negentiende-eeuwse buitenwijken sluimerden nog veel van die volkscafés die nu door progressieve studenten worden overstroomd en hun bestaan lucratief weten te rekken, op voorwaarde dat alles bij het oude blijft. Een originele spuugbak van eeuwenoud koper die onderlangs de toog loopt, houten vloeren met zand, grootmoeders smyrnakleedjes op tafel en nicotinebruine lampenkapjes. Een petroleumlamp van overgrootmoeder aan de zoldering doet het altijd goed. De ingelijste, vergeelde portretten van een zanger of voetballer van tussen de twee wereldoorlogen boven de lambrisering, niets hoeft voor de nieuwe generatie te worden weggemoffeld. Op de portretten staan louche kerels met een hoed of gladde kerels met een sjaal te glimlachen boven hun zwierige handtekening. Altijd prachtig.

Er heerst een uitgelaten, maar ook ongedwongen sfeer. De obers zijn blij met de studenten. De oude stamgasten van vroeger vinden alles goed, want ze delen wel eens mee in de rondjes die de studenten geven. Min of meer toevallig.

Aan het tafeltje ernaast discussieert een andere groep. Of liever, er wordt vooral naar iemand geluisterd. Samuel heet de jongen die daar het hoogste woord voert, iedereen weet dat hij Samuel heet. Hij zit nooit zonder vrienden en vriendinnen, ze luisteren graag en bewonderend naar hem. Toch kan Arend zich niet aan de indruk onttrekken dat Samuel... nu ja, eenzaam is. Hij heeft geen speciaal vriendinnetje en elke keer als hij Samuel in de stad heeft zien lopen was hij alleen. Een zonderlinge figuur, die Arend wel nieuwsgierigheid inboezemt. Ze zeggen dat Samuel alles weet van zelfmoordenaars, dadaïsten en jonggestorvenen. En hij heeft ook alles van Horkheimer, Reich en Bakoenin gelezen. Zeggen ze.

'Solidariteit.'

Tot zijn verbazing draait Samuel onmiddellijk zijn hoofd naar hem om. Hij schuift zelfs zijn stoel iets bij. Het lijkt of de vreemde jongen het nu uitsluitend tegen hem heeft. Of ze... een tweegesprek voeren. 'Weer zo'n wereldverbeteraar,' hoort hij Samuel zeggen.

Arend wil het gesprek niet meteen om zeep helpen. 'De wereld... de hele wereld... We zouden met onszelf kunnen beginnen,' sputtert hij tegen. Hij beseft zelf dat het geen sterke opening is. 'De maatschappij stort ook zonder jou wel in,' laat Samuel er dan ook meteen op volgen.

Luid gelach klinkt op aan Samuels tafeltje. Arend verbaast zich over zijn behoefte om tegenover iemand die zo populair is te willen opvallen. Hij praat ineens met zomaar iemand... met een onbekende... en hij mag dat niet verpesten. Het zou wel een vriend kunnen zijn. Hij moet serieus blijven. Hij moet iemand als Samuel met vertrouwen tegemoet treden. Hij moet altijd iedereen met vertrouwen tegemoet treden, anders mag hij ook geen vertrouwen van de ander verwachten.

'Niet als we haar van onderop weer helemaal opbouwen,' antwoordt Arend zo rustig mogelijk. 'We kunnen zorgen voor een nieuwe maatschappij.'

'Met allemaal goeie, welwillende mensen? Met allemaal... revolutionairen?' De reactie van Samuel klinkt smalend. Hij spreekt het woord revolutionair lettergreep voor lettergreep uit.

'Met allemaal idealisten.' Arend klinkt stellig, tot zijn eigen verrassing. 'Een ideaal bereik je nooit in je eentje.'

Arend verwacht bijval, al is het maar van zijn eigen tafeltje. Het blijft stil. Het is nauwelijks tot hem doorgedrongen dat ze werkelijk een tweegesprek aan het voeren zijn, met hun thonetstoelen naar elkaar toe gedraaid. Er luistert niemand meer mee.

'Hoeveel goeie, welwillende mensen denk je dat er op de wereld zijn? Stuk voor stuk op weg naar dat ideaal?' vraagt Samuel terwijl hij Arend strak aankijkt. En of hij meteen zelf maar liever het antwoord geeft: 'Drie. Jezelf, jezelf en jezelf.'

Uit zijn ooghoeken ziet Arend nu dat er links en rechts van hem afzonderlijke gesprekken ontstaan zijn. Beide groepjes gaan op in hun eigen discussie en ook verderop wordt nergens aandacht aan hen geschonken.

Ineens waagt Arend het om iets persoonlijker te worden. 'Jij vindt dat de mensen niet deugen. En ik geloof dat mensen te weinig kans krijgen om te deugen. Waarom doe je eigenlijk met ons mee?'

Het is de eerste keer dat Arend zichzelf het woord 'ons' hoort gebruiken. Hij heeft niet geaarzeld... hij moest wel in het diepe springen... Hij wordt zich pas van de overgang van 'mij' naar 'ons' bewust als zijn vraag al ten einde is. Maar zodra hij het woord heeft uitgesproken bevangt hem een warm gevoel.

Een warm gevoel van zo'n korte duur dat hij het zich al niet meer herinnert op het moment dat Samuel zijn vraag beantwoordt.

'Wie ouder is dan vijfentwintig zou definitief moeten worden opgeruimd. Weg ermee. Omdat de zaak rot is.'

Arend heeft beet en geeft het niet op. 'Maar dan ben je toch al bezig deze wereld te vergelijken met iets beters? Dan ga je er toch van uit dat er iets beters kan komen?'

'Nee.'

Samuel schudt kort en grimmig met zijn hoofd. 'Ik geloof niet in vooruitgang,' vervolgt hij. 'Wat niet betekent dat de rotzooi van nu moet blijven. Het stinkt. Heb je wel eens naar de koppen van die ministers gekeken? Naar de nekken van de militairen? Naar de blik in de ogen van de mobiele eenheden? Naar de varkenssnuit van de burgemeester hier? Heb je hun burgerlijke braafheid wel goed in het vizier... echt goed... de bejaarde gezichten in die zwijnenstal? Sadisme, meneer. Ik praat niet over vooruitgang, ik praat over zelfbehoud.' Hij maakt een gebaar met zijn hand dat 'Weg ermee' moet betekenen.

De discussie loopt lekker. Arend heeft de indruk dat hij serieus wordt genomen. Een licht protest is dus op zijn plaats. 'Altijd dat gepraat over varkens en zwijnen,' protesteert hij. 'Je vergeet dat het om mensen gaat.'

Samuel duikt er onmiddellijk bovenop. 'Om mensen die aan niets anders denken dan aan wapens en geld. Zolang de wereld bestaat zullen ze denken aan wapens en geld. Meer bezitten ze niet om elkaar eronder te houden. Ik geef toe, geld leidt ook tot iets alledaags en onschuldigs als hebzucht. Hebzucht is niet erg. Een beetje hebzucht maakt het juist gezellig. Maar hun geld wordt vooral toegepast om anderen de kleinschalige hebzucht onmogelijk te maken. Geld creëert armoede. Geld is een machtsinstrument. Geld moet er alleen voor zorgen dat anderen niet te dicht bij geld komen. Met geld koop je wapens en met wapens koop je meer geld om je geldbergen af te schermen. Dat is alles wat er tussen de mensen bestaat en ooit kan bestaan. Dat is de hele intermenselijkheid. Idealisme is... niet levensvatbaar. Jij denkt dat er iets gloort en ziet je al bij de wieg van een nieuwe wereld staan. Mmm, wiegen genoeg. Wiegen zijn er altijd wel. Er ligt een dood kindje in je wieg, jongen.'

Aarzelend komt het er bij Arend uit: 'Liefde? Vriendschap?' Hij weet niet of het woorden zijn die hij in de nabijheid van Samuel mag uitspreken. Of juist wel? Het kan ook zijn dat zijn gesprekspartner hem met zijn theorietjes gewoon een beetje zit uit te horen. Samuel zelf verlost hem uit die waan.

'Krukken, om nog wat voort te strompelen tussen het puin. Doekjes voor het bloeden. Zelfbedrog,' oreert de gewenste vreemdeling verder. En, alsof hij zelf wel voelt dat hij een nadere toelichting schuldig is, vervolgt hij: 'Liefde is het geweldigste woord ooit uitgevonden. Ze kennen het in elke windhoek. Ze hebben het gekend in elk tijdvak van de geschiedenis. Een knappe prestatie voor een woord dat tegelijk de grootste leugen aller tijden is. Misschien moet iets wel een leugen zijn om zo populair te worden. Liefde is om de seks een gouden randje te geven. Liefde is om de prostitutie binnen het huwelijk te legitimeren. Seks heeft met liefde niets te maken, maar de meeste seks kan goed een beetje liefde gebruiken. Anders blijft het bij fistels en druipvocht. Het woord seks is door veeartsen en chirurgen bedacht, de dichters bedachten het woord liefde. En vriendschap? Waarvoor dacht je dat de vriendschap was uitgevonden? Om jezelf bevestigd te zien. Om jezelf te kunnen toeroepen dat je een betrouwbaar persoon bent. Iemand om op te bouwen. Je kunt beter een hond nemen. Die likt en kwispelt ook.'

'Alweer een beest,' zegt Arend, gespeeld vermoeid, maar toch ook wel enigszins geschokt. 'Het gaat niet om een mens die mij achternaloopt, het gaat om een mens die ik kan volgen.'

'Je zou je eigen ik kunnen volgen. Genadeloos. Je volledige ik.'

'Dat is narcisme.' Arend klinkt kortaf. Een lichte boosheid trilt mee in zijn stem.

'Narcisme is jezelf weerspiegeld willen zien in een ander. Jij noemt dat solidariteit, ik noem het eigenliefde. De vijand is ons ultieme ideaal. Als we alle schijnidealen van de woekering aan idealen aftrekken blijft als enige ideaal over... de vijand. Zonder vijand zijn we niets.'

'Zou jij...' Arend aarzelt. 'Zou jij wel vriend met iemand kunnen zijn? Zou jij vrienden kunnen hebben?'

Samuel bijt op zijn lip. Nee dus.

'Wat betekent het dan, je volledige ik?' hoort Arend zichzelf vragen. Naar adem happend volgt hij de bewegingen van Samuel. Hij vindt hem onuitstaanbaar en sympathiek tegelijk. Zo veel jongens die hij de laatste tijd ontmoette citeren moeilijke schrijvers en buitenlandse denkhoofden... Samuel lijkt alleen voor eigen rekening te praten... of hij het allemaal persoonlijk zo heeft ervaren...

'Je ik met al zijn zwarte, vernietigende kanten,' antwoordt Samuel plechtig. Er volgt een stilte. Het lijkt erop dat Samuel wil gaan opscheppen over hoe slecht hij wel niet is en welke zonden hij op zijn geweten heeft of graag op zijn destructieve geweten zou willen hebben, maar in plaats van Arend en de volledige wereld te laten sidderen gooit hij het over de boeg van de verantwoordelijkheid. 'Je moet je altijd bewust zijn van die kwade kanten,' vervolgt hij en hij klinkt oprecht. 'Anders houd je ze er niet onder.'

Een ogenblik is Arend het volmaakt met hem eens. In ieder mens woedt de strijd tussen het goede en het kwade, en we zijn op de wereld om het goede aan een overwinning te helpen. Dixit zijn moeder.

Dat zegt hij Samuel dan ook.

Maar Samuel gromt. 'Het ligt er maar aan waar je het zwaartepunt legt,' luidt zijn commentaar. 'Jij gaat in je naïveteit uit van een portie goed en een portie kwaad. Porties die ongeveer gelijk opgaan. Of misschien is voor jou het kwaad alleen maar een lelijk virusje dat het vette lijf van de goeierd dreigt aan te tasten. Een virusje dat met een beetje handigheid valt te genezen. Je lijkt wel een christelijk type. Wat studeerde je ook alweer?'

'Theologie,' zegt Arend, zonder veel overtuiging.

'Ik weet niet wat ze daar leren,' luidt de reactie. 'Als God een wetenschap is, is mijn neus een pollepel. Overal zien jullie Jezus. Joep is Jezus. Fidel Castro is Jezus. De Mona Lisa is ook Jezus.'

Tijd voor wat kribbigheid, vindt Arend. 'Ze leren daar wat solidariteit is,' gooit hij er resoluut uit. 'En dat je op de goede afloop kunt rekenen.'

'Rekenen, rekenen. Je had beter een bètavak kunnen studeren. Misschien heb je wel een wiskundeknobbel.'

Arend laat ondanks alles een korte lach horen.

'Geloof me, het kwaad is geen bacterie. Geen bestrijdbaar virus.' Samuel blijft doodserieus. 'Het is een terminale ziekte. Ik kan je verzekeren dat het nooit wegloopt of op de vlucht slaat, voor een heel leger idealisten niet. Die ziekte staat ook wel bekend onder de naam leven.' Hij vertelt het allemaal met een strak gezicht. 'Als iemand macht over een ander uitoefent, op het werk of in de liefde... en die macht wordt opgevolgd door meer macht... en het resultaat van meer macht is een exces aan macht... dan spreek je over het kwaad.'

Wat een zwartkijker, denkt Arend. En hardop voegt hij aan die gedachte toe, in de hoop dat het verstandig genoeg klinkt: 'Er bestaat nog zoveel tussen kwaad en goed in.'

'Je bent naïef,' zegt Samuel. 'Het was me een genoegen.'

Arend kijkt om zich heen en ontdekt dat het café bijna leeg is. Als Samuel zich bij het tochtgordijn moet omdraaien om zich door de klapdeur naar buiten te wringen steekt hij nog even zijn hand ten afscheid op.

Ergens krijgt Arend een visioenbeeld van een Samuel die met een boksvoet en een lus in zijn staart in een donkere steeg verdwijnt.

Meteen dringt zich het pijnlijke besef aan hem op dat hij te weinig tegenwerpingen heeft laten horen. Het verhaal van Samuel is onzin... het zijn verhalen voor de cafétafel... geen verhalen waar je in de wereld mee opschiet. Kritische kanttekeningen plaatsen, successen en idealen omlaaghalen, de wenkbrauwen optrekken zodra iemand blijk geeft van enthousiasme, iemand pootje lichten en laten struikelen, de mensen uit het volk zijn er dol op... En degene die beweert dat hij aan niets gelooft... aan helemaal niets... is per definitie onaantastbaar en het populairst van allemaal... Aan de cafétafel, jawel. Tussen de glazen, jawel. Arend voelt zich er ongemakkelijk bij. Wie zo op het nulpunt blijft staan omdat hij gelooft dat het nulpunt de waarheid is... iemand die dat gelooft komt er nooit achter hoe het er twee meter verderop uitziet. Ook dat nulpunt is maar een geloof... Arend weet het zeker. Hij is er heilig van overtuigd dat Samuel buiten zijn vaste cafépubliek geen schijn van kans maakt. Samuel, de filosoof... Zo'n jongen moet niet denken dat hij als enige kan denken.

Als Samuel denkt wat hij denkt is hij veroordeeld tot immobiliteit... Arend wil verder. Arend weet volstrekt zeker dat hij verder wil. Hij is juist razend nieuwsgierig naar wat er een paar meter verderop gebeurt. Alles is maar mensenwerk... Een zwijnenstal en een puinhoop... Arend weet het en daarin is hij het heimelijk met Samuel eens... Maar hij kan ook zo een paar prachtige mensenwerken uit het verleden noemen. Als Samuel beweert dat mensen nooit veranderen zou hij eens bij al die uitvindingen en grootse panorama's moeten stilstaan... Nee, prachtige mensenwerken zullen er altijd blijven.

Arend weet dat hij aan de oorsprong van een prachtig mensenwerk staat. Hij leeft in een periode van de geschiedenis die voor hem lijkt uitgevonden. Overal plannen, oproepen, gevechten – overal kleine overwinningen en die gedeelde hoop op een betere tijd. De oude wereld zal instorten, hij voelt het... Het lijkt of de zuilen en steunbalken van de maatschappij al zijn verpulverd zonder dat ze het zelf nog beseffen... Hij voelt zich deel uitmaken van een meerderheid die zwelt en triomfeert en niet van een vet lijf dat onvermijdelijk door een virusje zal worden opgevreten...

Dat soort praatjes stijven Arend juist in zijn opvatting dat niet de woorden belangrijk zijn, maar de daden.

Hij hoort erbij, bij de nieuwe wereld. Als hij niet bij de revolutie hoort, waar hoort hij dan bij? Bij iets heel ergs, iets Samuelachtigs. Nee... dat is onrechtvaardig... Dat is wreed... Hij is wel onder de indruk van Samuel, hij kan alleen niet bij die negatieve wereld horen. Samuel is... de antipode. Nee, nee, het ergste is te horen bij de mensen die helemaal geen leven meer in hun donder voelen.

De concurrentie tussen de partij van sabotage en geweldloze afbraak en de partij van de harde actie neemt toe. Van week tot week, van maand tot maand worden er meer schermutselingen tussen de actievoerders zelf gemeld en het begint op te vallen dat de woordvoerders niet alleen het klootjesvolk en de regenten, maar ook elkaar voor rotte vis uitmaken. Alleen een gemeenschappelijke vijand, zo groot als de atoombom, zou nog iets van de onderlinge solidariteit kunnen herstellen. En dan alleen nog bij vlagen. De afsplitsingsgeest lijkt besmettelijk. Soms lijken de ruzieprotocollen belangrijker dan de kwesties die tot het meningsverschil aanleiding hebben gegeven. De knelpunten en urgenties moeten blijkbaar worden geclassificeerd, niet opgelost. De bewustmaking van de structuren lijkt urgenter dan de verandering van de structuren. Bureaucraten zijn niet geïnteresseerd in de juiste invulling van een formulier, zo wordt wel beweerd, ze hechten er alleen aan dat het ene formulier aansluit bij het voorgaande. Welnu, revolutionairen proberen niet langer ruzies op te lossen met argumenten, ze stellen punt voor punt vast waar ze aan het eind van de ruzie gisteren zijn gebleven en vervolgen de ruzie vandaag. Zelfs middelen die de argumenten naar tevredenheid vervingen, zoals handopsteken en meerderheid van stemmen, lijken niet langer te bestaan.

De heersende klasse moet tegen de vlakte... maar er moeten ook broodjes worden gesmeerd en belegd met Mexicaanse of Chileense worst... er moeten convocaties uitgeschreven, affiches gedrukt, spandoeken beschilderd... Ieders werk is even belangrijk. Ieders stem ook. De woestijn van de vergaderaars strekt zich eindeloos uit.

De notoire broeinesten van deze boekhoudende omwentelaars vermijdt Arend zoveel mogelijk. Hij kent de valkuilen van telraam en formulieren. Voor hem blijven er nog zo veel kwesties over die er echt toe doen... Men kan van mening verschillen over de beste manier van aanpak, zeker, maar het belangrijkste blijft dat er aangepakt dient te worden. Veel studenten bezoeken de protestbijeenkomsten alleen vanwege de sfeer, omdat alles mag en niemand van iets opkijkt. Arend heeft principieel geen moeite met die mensen, maar je verovert er de wereld niet mee.

De laatste tijd geeft hij steeds vaker de voorkeur aan bijeenkomsten waar direct, zonder omwegen, tot harde acties wordt opgeroepen. Hij krijgt langzamerhand genoeg van de zachte clowns en de ludieke eitjes. In die kringen zou hij de ene vriendschap na de andere kunnen aanknopen. Het zouden allemaal weke vriendschappen zijn.

Het moet drastisch. Arend wil werken met mensen die reëel iets tot stand brengen.

Hij heeft een hekel aan die burgerlijke studentenruzies. Die gaan meestal over wie van wanneer tot wanneer het woord mag voeren en wie van wanneer tot wanneer de broodjes moet smeren. Het comité achter de tafel vindt dat twee gelijkwaardige functies en noemt juist het aanbrengen van een hiërarchie in de taakverdeling burgerlijk. De kandidaat-woordvoerders en de kandidaat-broodjessmeerders denken daar geregeld anders over. Uren en uren kunnen hun discussies duren. Diep in zijn hart heeft Arend ook een hekel aan het eeuwige feestvieren van sommige studenten. Niet principieel, maar diep in zijn hart. Ze ontkennen de ellende in de wereld en welbeschouwd bevestigen ze de heimelijke jacht op genot die altijd het kenmerk van de gevestigde orde is geweest. Wat Arend interesseert is de zuiverheid in de leer. Alleen op overtuigingen en een visie kun je acties baseren. De scheidslijn loopt niet tussen de broodjessmeerders en de vaandeldragers, niet tussen de blowers en de bommengooiers, maar tussen degenen met en zonder het heilige vuur. Tussen de rekkelijken en de geroepenen, zou Arend willen zeggen, maar hij is nogal op zijn hoede voor domineesjargon.

Arend heeft eindelijk erkend dat hij met de wereld bezig is, niet met zichzelf. Misschien is hij met de wereld bezig omdat hij niet met zichzelf bezig wil zijn. Het is heerlijk om persoonlijke belangen buitenspel te zetten. Het is een zegen om zich niet te hoeven vermoeien met nietige wensjes die hij alleen voor zichzelf vervuld zou willen zien. Zolang hij het zich herinnert denkt hij aan de ander... aan de anderen... Het schenkt hem rust. Het liefst wil hij helpen. Het liefst wil hij repareren. Het liefst ziet hij harmonie om zich heen. Zolang er nog iemand armoede lijdt is de wereld niet volmaakt. Een volmaakte wereld is het ideaal van Arend. Waarom dat niet volmondig toegeven? Soms verschijnt er een smalend lachje om zijn lippen. Dan vindt hij zichzelf een goedzak en een rare kwibus. Dus jij denkt dat je de hele wereld aankunt? schimpt zijn andere ik. Nee, antwoordt Arend. Dus jij denkt dat je beter bent dan de ander? Zijn antwoord luidt opnieuw nee. Dus jij gaat er iets aan doen? Ja, zegt Arend. En de ander zwijgt. De ander zwijgt! Arend mag aarzelen, kritisch op zichzelf zijn en aan tweegesprekken doen wat hij wil, hij blijft van mening dat er iets tegen de ongelijkheid ondernomen moet worden. Zodra hij aan de ellende op de aardbol denkt en aan alle stervelingen die aan hun lot worden overgelaten of geen enkele kans maken een centimeter hogerop te kruipen raakt hij opgewonden. De wereld is groter dan zijn stad. De stad is groter dan zijn dorp. Het zit in zijn bloed.

Op de bijeenkomsten die Arend de laatste tijd bij voorkeur bezoekt verkondigen ze weliswaar de extreemste dingen – de oproepen tot liquidatie zijn niet van de lucht – maar er wordt tenminste voor actie gepleit. Heuse actie. Rechtstreekse actie. Daadwerkelijk bijdragen tot de revolutie. Handen uit de mouwen. Het woord omzetten in de daad. Arend hoort de extreme leuzen nauwelijks. Wat dat betreft is er een staat van gewenning ingetreden. Het zijn maar woorden. Daden spreken hem het meest aan.

Op een speciale zitting betreffende de tweede revisie van de formulering van de actiespeerpunten – toevallig op de sterfdag van Simón Bolívar en ook weer niet toevallig – mag Arend voor het eerst zelf achter zo'n lange tafel zitten. Bij handopsteken hebben ze hem benoemd tot plaatsvervangend commissaris, zolang de commissaris zelf op het internationale congres in Berlijn verblijft. Ze beginnen hem te kennen, denkt hij... toch wel een beetje tevreden... het discussiëren en dromen uitdragen en voet bij stuk houden heeft geholpen... Nu kan hij beginnen met echt actief te zijn. Hij ziet de weg voor zich uitgestippeld. Eerst meepraten over actie, dan vanachter de tafel de actie sturen en uiteindelijk afreizen naar een reëel project. 'Een reëel project' heet dat in zijn actiegroep, in tegenstelling tot de idealen en fata morgana's waar er elders genoeg van zijn. Arend wringt zich tussen zijn mede-activisten naar voren om bij de tafel te belanden en staat plotseling oog in oog met een sproetig gezicht. Hij kijkt nog eens goed en ziet dat de jongeman een camouflagegroen jasje draagt, wel een hele overgang na zijn blauwe blazer… en een zilveren ringetje in zijn oor… maar die sproeten… duidelijk de sproeten van een bekende.

'Jij hier?' Arends stem klinkt oprecht verbaasd. Het is Erik, zijn oude vriendje uit het dorp. Het gebeurde niet vaak dat je onder de actievelingen studenten geneeskunde tegenkwam, meestal kwamen ze van sociologie, van letteren of, zoals Arend, van theologie. 'Ik dacht dat je medicijnen studeerde,' stottert Arend. De verwondering is nog altijd niet uit zijn stem verdwenen. 'Drie maanden,' antwoordt Erik. 'Drie maanden heb ik het volgehouden. Tot de snijkamer kwam. Ze sturen je meteen de snijkamer in. Toen ben ik overgestapt.'

Hij trekt er zo'n existentieel angstig gezicht bij dat Arend geen verdere uitleg nodig heeft. Nog steeds dezelfde angsthaas, denkt hij. 'Politieke wetenschappen,' voegt Erik eraan toe. 'Een stuk beter,' zegt Arend en meteen daarop, alsof hij haast heeft, 'nu moet ik achter de tafel. Ik spreek je straks.' Erik steekt zijn duim op. 'Ik heb op je gestemd,' roept hij Arend na.

Lange mensenrijen trekken langs de straten, met drums en trompetten. Ze dragen spandoeken met leuzen in allerlei talen. Arend ziet er vaak de verkeersregelaar met de blikken hoed en de fluortravestiet onder, maar ook professoren en arbeiders in werkkleding. Ze lopen mee om de studenten te steunen. Zijn eigen groep marcheert altijd in de voorste gelederen, vlak achter de agenten met hun walkietalkies. Het merendeel van de demonstranten kijkt ernstig. Er is een belangrijke strijd gaande tussen de klasse die met haar onverbeterlijke karakter oorlogen veroorzaakt en de jongeren die alle oorlogen met oorzaak en al willen afschaffen. Die strijd wordt symbolisch uitgedrukt door die ene verre oorlog in dat ene verre land, waar iedereen nu de straat voor op gaat. Een oorlog die eindelijk een halt moet worden toegeroepen... Tot voor kort had Arend nog nooit van dat verre land gehoord. Op alle spandoeken komt hij de naam van dat land tegen. Hij weet niet eens waar het precies ligt. Hij schaamt zich. Hij moet dat hoognodig eens opzoeken. Arend heeft nooit veel in atlassen gekeken. Hij heeft alleen maar geprobeerd plekken in kaart te brengen die hij kende of die onder handbereik lagen. Toen hij op de lagere school zat hield hij van het bestuderen van flora's... maar ook dat was uitleg bij de grond aan zijn voeten. Een atlas vertelt over verderop, over het onbekende, over het onbereikbare. Een atlas legt geduldig de plattegrond uit van luchtkastelen. Het laatste weekend heeft Arend een atlas uit zijn moederlijk huis meegenomen. Dagenlang heeft Arend hem bestudeerd. Hij weet hoe de hoofdstad heet van het land waar het grootkapitaal nu zijn praktijken van de verschroeide aarde botviert en hij kent de strategische delta's en buitenposten bij naam. Dat een atlas ook exotische namen een plaats geeft en voorgoed laat neerstrijken op de wereldbol is een aangename bijkomstigheid... maar hij zal voor zijn actievrienden straks ook een vraagbaak worden... Dat lijkt hem het allergenoeglijkste. Erik zal hem vast een aardrijkskundig wonder vinden.

Ontbieden, dat is het woord. Hij is ontboden. Hij zit in een schaars verlichte herenkamer, een kamer met donkerbruine lambrisering en zeegezichten in gouden lijsten. Rondom een tafel met balpoten zitten donkere mannen. Ze hebben hem uitgenodigd aan hun tafel plaats te nemen. Rookwolken van sigaren en pijpen dwarrelen omhoog en vullen de kamer met mist. Ze gaan met hun tijd mee, de mannen, want ze dragen geen stropdassen. Het bovenste knoopje van hun hemd staat open en twee durfden zelfs een schillerkraag aan. Uit beleefdheid heeft hij aan hun uitnodiging gehoor gegeven – het zijn jaargenoten van zijn moeder. Ze kijken bezorgd en spreken hem toe. Vol begrip, met warme stem en zo vaderlijk dat het bijna niet te harden valt. Toch laat Arend hun klanken geduldig op zich neerdalen en slaat hij af en toe zelfs een dankbare blik op naar de mannen. Ze willen hem waarschuwen zonder dat het als een waarschuwing klinkt. Ze tonen begrip. Ze leggen hem ten overvloede uit dat de heren regenten, daarbuiten in de maatschappij, veel kritiek kunnen verdragen en er zelfs heel goed tegen kunnen dat iemand de draak met ze steekt. Binnen het betamelijke, en zelfs behoorlijk over de grenzen van het betamelijke heen. O, al die speelsheid waarderen ze enorm. Kwestie van gevoel voor humor. Kwestie van ook zelf wel inzien dat veel zaken anders en beter zouden kunnen. Maar daar is tijd voor nodig. Daar zijn mensen met gevoel voor humor voor nodig. Dat alles mompelen deze mannen in hun kamer met eikenhouten beschot, gehuld in rookwolken. Arend knikt dat hij het begrijpt. De oudste van het stel, kalend en grijs aan de slapen, buigt zich vertrouwelijk naar hem toe en zegt, terwijl hij met zijn hoornen brilmontuur tegen zijn lippen wrijft: 'Je denkt toch niet dat ze zich zomaar gewonnen zullen geven?' De anderen knikken, alsof ze hem voor de uitzondering een kostbaar advies hebben gegund. Hij zal toch wel verstandig genoeg zijn om te weten wat hij ermee moet doen? Arend krijgt een glas cognac voorgezet en het enige slokje dat hij ervan neemt, puur uit beleefdheid en om te tonen dat hij zijn moeder bemint, daalt als een gloeiend hete en snerpende spiraal in zijn keelgat neer.

Arend realiseert zich dat de wereld iets van hem verwacht. Hij loopt een tuinpad op, ziet een vuilnisemmer aan de zijkant staan en schopt die emmer vrolijk fluitend om. Hij zit in een vergadering en deelt de aanwezigen mee dat hij namens de vergadering allang een schriftelijke solidariteitsbetuiging heeft gestuurd aan de rebellen in een van de verre landen. En een protesttelegram aan de nieterkende regering. Hij geniet van het instemmend gemonkel, al laat hij het niet merken. Hij vertelt ze iets over de erbarmelijke toestanden in dat land en over de jonge helden die, net als zij hier, in afwachting zijn van nieuwe tijden. Ze hebben, volgens berichten uit betrouwbare bron, al diverse wapen - depots en dynamietvoorraden overvallen. Straks kunnen hun kameraden daar hun mannetje staan. Gewapend verzet is geoorloofd, merkt iemand achter de tafel op, een al iets oudere jongen in een schipperstrui, zolang het erger geweld voorkomt. Het ergste geweld, voegt Arend eraan toe, is het door schijnverkiezingen gelegitimeerde staatsgeweld. Arend balt zijn vuist en kijkt tevreden rond. Iedereen in het zaaltje lijkt wel bevriend met hem. Hij loopt een café binnen en geeft alleen de eerste drie klanten een schouderklopje, anders wordt het te gek. Hij rolt een sigaret met alleen zijn linkerhand. Het zijn mooie dagen voor hem. Een meisje dat hem iets wil vragen laat een glas vallen... Arend schiet toe om haar behulpzaam te zijn bij het oprapen van de scherven... hij schuurt langs haar lichaam... hij voelt natte plekken van de gemorste drank... struikelt... grijpt zich aan haar vast en heeft ineens een borst beet. Een zachte, warme borst in de palm van zijn hand. Puur toevallig gebeurt zoiets. Geschrokken laat hij los, maar de eerste minuten blijft zijn hoofd nog tollen, vervuld met herinneringen aan zo veel meegevend vlees. Zijn hand gloeit. De ober komt met een bezem aanzetten, of met iets wat eens een bezem moet zijn geweest... Hij ziet hoe het meisje resoluut haar haren recht strijkt en met zijn buurman in gesprek gaat, alsof er niets is gebeurd... Arend lacht breed. Er is ook niets, niets gebeurd. Meisjes zijn overal en meisjes raak je zomaar aan. Meisjes zijn er om aangeraakt te worden. Meisjes vinden dat de gewoonste zaak van de wereld. Hij zou nu heel gemakkelijk een vriendin kunnen krijgen. Hij hoeft er alleen maar voor in de buurt te blijven van jongens die veel meisjes trekken.

Trouwen heeft afgedaan, trouwen is iets van de burgermaatschappij. Er wordt veel lelijks over het huwelijk verkondigd. Trouwplannen, bij dat woord schieten hij en zijn vrienden in de lach. Net zo'n geestig woord vinden ze dat als gezagsdrager of slaapkamerameublement. Verloven zou misschien nog net kunnen. Bij een verloving blijf je zelf de baas. Geen knellende banden, geen onderdrukking, geen hypocrisie als het niet langer klikt. Jaloezie is bezitsdrang. Verlovingsplannen... echt vooruitstrevend klinkt het niet... Maar zijn moeder die van formaliteiten houdt en prijs stelt op tradities zou met een verloving vrede kunnen hebben... Op al hun vergaderingen en bijeenkomsten zijn de meisjes in de minderheid, ze zijn altijd allemaal bezet, maar toch... toch zou hij zo een vriendin kunnen krijgen. Relaties en koppeltjes moeten rouleren, anders gedragen hij en zijn kameraden zich net zo beroerd en verachtelijk als het systeem. Arend houdt zichzelf vaak voor dat hij het te druk heeft voor meisjes. Hij heeft immers de toekomst. Hij heeft immers een taak. Van dat romantische gedweep in de ludieke groepen moet hij niet veel hebben. Daar zeulen ze maar met baby's en kleine kinderen rond, alsof de wereld door onschuldige wangen en blije kreetjes vanzelf zal veranderen. Een vaste vriendin... zoals zijn moeder het graag zou zien... dat betekent uiteindelijk een terugkeer naar burgermansplichten en burgermansplichten staan de revolutie en daarmee een betere toekomst voor de wereld in de weg. Bovendien, als de revolutie zich uitbreidt en overal haar triomfen viert zullen er meisjes genoeg zijn. Altijd en overal. Op de akkers, in de jungle, op de coöperaties en in de delta's. Zij aan zij zullen ze vechten. Ooit zullen er kinderen van komen. Maar de ware kinderen van de revolutie zijn voorlopig Arend en de zijnen. *No pasarán!*

Arend is blij. Hij heeft het woord solidariteit leren kennen en waar dat woord voor staat. Solidariteit betekent hetzelfde als vriendschap. Uit zijn domineesverleden heeft hij het goede behouden en de kwade kanten achter zich gelaten. Het dorp is hij nu definitief ontgroeid. Hoera! De kwade kanten... dat waren altijd stoffige, benauwende kanten... dat was het preken voor eigen parochie, het tellen van je zegeningen. Arends parochie is nu de wereld en de toekomst telt alleen maar zegeningen.

Hij zal voortaan extra vriendelijk gaan doen tegen Erik. Hij weet dat hij voorzichtig moet zijn met complimenten en schouderklopjes, want gelijkheid staat in zijn club voorop, en iemand voortrekken wordt snel gezien als vriendjespolitiek... En vriendjespolitiek is weer de hoofdzonde van de vijand... Maar een vriendelijk woord of een knipoog kan in de ogen van zijn mede-activisten vast geen kwaad. Uitingen van solidariteit... iets anders betekenen zijn gebaren niet. Hij moet Erik deelgenoot maken van zijn standpunten... van de ontwikkelingen in zijn opvattingen... van zijn ideologische keuzes. Ook Erik moet hij aan het dorp laten ontgroeien. Het begrip solidariteit mag voor hem niet langer iets abstracts zijn. Het collectief zal zich uitkristalliseren in één vriend en die vriend moet weer het sterke symbool worden van de groep. Ja, hij zal de banden met Erik aanhalen en op hem inpraten en hem voor zijn zaak winnen en vooral doen of er niets aan de hand is. Uit naam van een gemeenschappelijk doel. Omdat het zijn plicht is. Omdat hij de revolutie dient.

Eén keer heeft hij Erik laten schieten. Dat zal hem niet weer overkomen. Een zware taak kan het nauwelijks zijn. Hij kan voortbouwen op wat er in het dorp is gebeurd. Erik zal alleen maar blij zijn met zijn vriendschapsaanbod. Als was zal hij zich laten kneden door Arends handen. Alles draagt nu bij aan Arends jubelstemming... Hij voelt zich volwassen en zeker van zijn zaak. De tijden zijn echt aan het veranderen. Veel domme raadsels en vragen uit zijn jeugd maken plaats voor duidelijke verklaringen en antwoorden. De revolutie heeft er voor gezorgd dat hij een rol speelt. De contouren van een spannende toekomst worden zichtbaar. En iemand die zoveel heeft moet toch ook eens een boezemvriend hebben.

Wie dezer dagen zijn ogen over de straten van de stad zou laten dwalen, met de sterke en begerige blik van iemand die haarfijn de mensen die doelloos rondslenteren weet te onderscheiden van mensen met een doel... met zekere pas op weg naar iets wat alleen zij weten of vermoeden... zo iemand zou voornamelijk Arend door die straten zien bewegen. Daar loopt een jongen die weet wat hij wil.

Ze zoeken elkaar op hun kamer op, Arend en Erik, en Arend doet zijn uiterste best om het niet alleen over politiek te hebben, al is dat moeilijk met Erik, die voor de grap graag roomser dan de paus wil zijn. Als Arend hem weer eens een halfuur achtereen geduldig heeft uitgelegd dat niet alleen het enthousiasme telt, maar ook de sterke wil en de opofferingsgezindheid en dat het heilig vuur mooi is maar dat vuur zonder landkaart en route geen zin heeft, legt hij graag een plaatje op de grammofoon en schakelt hij moeiteloos over op een muzikale discussie. Over hun favoriete nummers zijn ze het wel eens, maar Arend heeft ook platen waar Erik niets meer in ziet. 'Dat is voorbij,' zegt hij dan, of 'dat kan echt niet meer'. Het kleine stapeltje klassieke platen, waaronder zelfs wat achtenzeventig-toeren-platen uit familiebezit die door Arend nogal worden gekoesterd, is voor hem helemaal taboe. Zodra Arend merkt dat Erik de felrode affiches aan zijn muur begint te bestuderen en het negentiende-eeuwse kruisje van filigrein dat zijn moeder hem heeft meegegeven op de dag dat hij naar de stad vertrok, weet hij dat voor de revolutie het speelkwartiertje is aangebroken en dat het tijd wordt een plaatje uit de hoes te schuiven. De naald is nog niet in de groef gedaald of beiden zingen al mee. *Hit the road Jack and don't you come back no more, no more, no more, no more.* Schokschouderend, als kikvorsen die op het punt staan een grote sprong te nemen, en met lange uithalen. *Woman, oh woman, don't treat me so mean.* En dan, aan het eind, wanneer de schouders en de nek langzaam tot rust komen, het namijmeren... het naprevelen... het wegstrijken van het haar over hun voorhoofd en de zwemmerige blik van ontlading in hun ogen. *Don't you come back no more. Ooh yeahh.* Zo gaat het de rest van de middag verder. Met elk nieuw nummer wordt het speelkwartier verlengd. Het wereldleed lijkt vergeten. Al het onrecht is gesust.

Maar geen moment is het einddoel uit Arends hoofd. Het inpalmen van Erik maakt deel uit van het grotere plan dat hij voorheeft met de wereld.

Hij denkt aan de oude socialistische strijdliederen die hij ooit op de draadomroep hoorde, pathetische marsen die ze alleen nog uitzonden vanwege de traditie en de nostalgie, over de verworpenen der aarde en over de ziel die uit de massa's opstijgt... en hij begrijpt een beetje wat die eerste pioniers moet hebben bezield. Sterf, jullie, oude vormen en gedachten... We zijn het moe te leven naar andermans wil... Arend wil verankerd zijn in de rangen en rijen en hij weet nu dat hij die verankering zal bereiken.

Hij moet Erik ook zijn lievelingscafé laten zien. Of liever, wat tot voor kort zijn lievelingscafé was. Hij komt er niet zo dikwijls meer. Een van de oude mannetjes salueert als ze binnenkomen. Ze zien er dan ook uit als een militant stel, want Arend heeft net zo'n camouflagejasje gekocht als Erik, bij een winkel in dumpartikelen en legergoederen. Iedereen vindt die kleding met groene en bruine vlekken grappig, het is zoiets als het systeem bedriegen met het systeem. Je laat zien dat je niets met God te maken wil hebben door heel nadrukkelijk in Sinterklaas te geloven. Arend en Erik hangen hun legerjacks aan de kapstok die doorbuigt onder de vaalgele regenjassen en bontmantels waar de mot in zit. De stamgasten begroeten Arend als een oude bekende. Erik kijkt argwanend rond en voelt zich duidelijk niet op zijn gemak, terwijl Arend zich tussen de bevende mannetjes en wankelende vrouwen beweegt of hij deel uitmaakt van de inboedel.

Hij geeft zijn vriend een stomp. 'Doe niet zo houterig,' voegt hij eraan toe. Erik stroopt, met een mengeling van gretigheid en onwennigheid, de mouwen van zijn groene hemd op. Ik voel me hier thuis, probeert hij daarmee te zeggen. Arend begrijpt het en maakt een gebaar of hij ook zelf zijn mouwen wil opstropen... in een opwelling van saamhorigheid... maar hij aarzelt en ziet ervan af. Hij vindt het allemaal iets te snel gaan. Zijn oude dorpsvriendje reageert iets te overdreven. Hij gaat aan de toog twee kelkjes jenever halen. Teruggekeerd ziet hij dat Erik al wat beter om zich heen durft te kijken. Zijn mond hangt halfopen. Een tijd staan ze zwijgend naast elkaar. Dan zet Erik zijn glas op een richel van de muur en verdwijnt tussen de klanten. In de verte ziet Arend hem knikken en luisteren en handen schudden, alsof hij zich laat onderdompelen in een bad van vrienden en kennissen die hij eeuwen niet heeft gezien en met wie hij hoognodig moet bijpraten. Arends aandacht wordt getrokken door een onvaste man, vel over been, die hem met driftige vinger beduidt heel dicht bij hem te komen staan, alsof hij hem een groot geheim moet verklappen, en die vervolgens uit zijn binnenzak een opgerold pak papier tevoorschijn haalt. Een boek dat hij heeft geschreven. Arend moet het maar eens lezen, omdat hij zo speciaal en zo bijzonder is en omdat hier toch verder niemand het begrijpt. Het pak papier valt open en overal ziet Arend vlekken van vuile en natte vingers, bruine randen en omgekrulde hoeken. Hier en daar zijn wat hoeken uit het papier weggescheurd, door iemand die een aantekening of een boodschappenlijstje wilde maken. Rechtsonder, waar de bladzijden worden omgeslagen, zijn de letters van het typemachineschrift vervaagd of zelfs helemaal verdwenen. De onvaste man moet het al vijftig jaar aan speciale en bijzondere mensen die het kunnen begrijpen hebben laten zien. Arend probeert zich een zo belangstellend mogelijke houding te geven. Het is een soort poëzie, constateert hij met vluchtige blik. Rommelig proza. Gelukkig is Erik daar weer. Hij brengt zijn mond dicht bij Arends oor, bevreesd dat de onvaste man hem zal horen. 'Allemaal verschoppelingen!' hijgt Erik. Maar de onvaste man hoort hem niet, zo druk is hij in de weer met het bij elkaar houden van de weerbarstige vellen papier. Het pak dreigt telkens uit zijn bevende handen te schieten. Arend doet of Erik hem een nieuwtje heeft verteld dat dringend overleg behoeft en samen gaan ze een eindje verderop staan. Uit zijn ooghoek ziet Arend hoe de onvaste man met zijn nicotinevingers graait naar bladzijden die op de grond zijn gevallen. 'Echte verschoppelingen,' zucht Erik nog eens. Hij lijkt er niet genoeg van te krijgen. 'Dat zijn...

dat zijn...' Hij zoekt naar een woord dat niet discriminerend is en toch uitdrukking geeft aan de verbazingwekkende warmte van zijn nieuwe ontdekking. De fundamenten die de klassenstrijd van hem vraagt zijn zichtbaar verstevigd. 'Jongens!' roept een man die pal achter het tweetal staat op joviale toon. 'Rotten jullie op met jullie revolutie!' Het klinkt luid boven alles uit. 'Dat wordt toch weer niets!' Het geloof van Erik in de revolutie lijkt eerder versterkt dan geschokt, want hij glimlacht breed. Arend haalt zijn schouders op, alsof hij dit soort mensen in dit soort omgevingen dagelijks meemaakt. Hij duwt zijn opgetogen strijdmakker in de richting van de toog. Twee vingers omhoog, nieuwe bestelling. Daarna wijst Arend met één vinger naar de plank achter de kastelein, naar de plank waarop de gedeukte en gekneusde koffers staan, met hun loshangende hengsels en hun barsten in het leer. 'Het blijft er gewoon staan als ze dood zijn,' zegt Arend. Erik staat erbij of hij zijn ogen niet kan geloven. Hij bevindt zich in het hart van de wervelstorm. Van zo veel thuisloze en ook nog bereisde alcoholisten heeft hij nooit kunnen dromen. De verworpenen bestaan! Opnieuw neemt Erik een duik tussen de klanten, maar ditmaal op weg naar de jukebox. Hij gooit er een kwartje in en even later hoort Arend het onverbiddelijke begin van *Hit the Road Jack*. Een man naast Arend steekt zijn wijsvinger omhoog, ten teken dat hij het nummer herkent. Bij *you're the meanest old woman that I've ever seen* is Erik weer terug. De glinsteringen in Arends ogen ontsnappen hem niet. Ja, zo gaat dat met vrienden! roept hij.

Met driftige gebaren van zijn rechterarm speelt hij luchtgitaar.

Is hij nu gelukkig met zijn vriendschap of gelukkig dat hij dit café heeft ontdekt? vraagt Arend zich af. Ze bestellen nog een glas. Het staat al vast dat ze die avond flink dronken zullen worden en zich, omringd door hakkelende steuntrekkers met een zeevaartverleden en mompelende vrouwen met kinnen waarlangs traag de jenever druipt, ongelooflijk gelukkig gaan voelen. 'De Dageraad, dat is lang geleden,' hoort hij Erik iets verderop in de enge ruimte zeggen tegen de bonenstaak van het ongepubliceerde meesterwerk. Vrijdenkers onder elkaar.

Het kan er hard aan toegaan, op hun vergaderingen. De zuiverheid in de leer gaat voor alles. Vaak, te vaak, zijn er studenten die niet inzien hoezeer hun opvattingen nog de sporen dragen van het totalitaire systeem en die een loopje nemen met de ernst van de situatie. Vaak, te vaak nog, worden daden en uitspraken vergoelijkt die niet door de beugel kunnen. In de zwaarste gevallen moet het comité ingrijpen. Bob is vandaag de voorzitter. Ze hebben eerst Arend gevraagd de vergadering voor te zitten, zijn optreden als plaatsvervanger indachtig, maar hij heeft voor de eer bedankt. Hij is tevreden met zijn plek in de schaduw. Hij wil de revolutie met beide handen dienen en ziet zich het liefst als loopjongen van de goede zaak, niet als functionaris. Als voorzitter moet je voortdurend beslissen, een loopjongen kan zich vol overgave richten op de uitvoering. Waar komt die Bob vandaan? Bob was er op een keer gewoon. Niemand weet waarom hij juist achter deze tafel zit, maar hij is de afgevaardigde van een onlangs opgerichte zusterorganisatie die bekendstaat om haar strengheid in de leer, en dat verklaart veel. Dan zit het goed. Hoopgevend hoeveel organisaties erbij komen… het lijkt met steeds grotere snelheid te gaan… stevig ogende organisaties doorgaans. Organisaties met een duidelijk doel en een duidelijk programma. Dat het streven naar een maatschappij waarin iedereen gelukkig en gelijkwaardig zal zijn steeds solider en serieuzer wordt georganiseerd doet Arend deugd. Eerst moeten goede gedachten in de koppen van de mensen worden geplant en dan komt het er alleen nog op aan de koppen te tellen. Het einddoel is in zicht. Dwaalstemmen, dwaallichten kan niemand gebruiken. Daarom is men vandaag hier bijeen.

De voorzitter begint dus uit te leggen waarom ze vandaag hier bijeenzijn. Bob is een forse kerel, een paar jaartjes ouder, niet echt een vechtjas of een motorrijder, maar toch iemand die tussen de schriele studenten in de zaal en de slungels met hun vlashaar achter de tafel een beetje uit de toon valt. Hij is onhandig groot en doet denken aan een goeiige beer. De zaal luistert vol respect naar hem. Al telt ieders stem hier evenveel en al zullen de aanwezigen straks door democratisch handopsteken de dienst uitmaken, toch lijken een groot lichaam, een zware stem en natuurlijke heersersgebaren geen kwaad te kunnen. Arend ziet dat de zaal aan Bobs lippen hangt. Hij ziet ook Erik, die hem nu al wekenlang trouw naloopt.

Eerste punt van de agenda. Bob vraagt zich af wat er met de vijanden van de revolutie moet gebeuren. 'Neerknallen!' roept een jongen van wie iedereen weet dat hij een zaalverbod heeft en die ondanks het deurtoezicht toch blijkt te zijn binnengeslopen. Vast omdat hij zijn blauwe baret met rode veer heeft thuisgelaten. De jongen houdt zijn armen kruiselings voor zijn borst, in een parmantige houding. Het lijkt haast of hij zijn baret met veer onder zijn jasje verborgen houdt. 'Ze moesten jou neerknallen,' sist een man die vlak achter hem staat. Arend ziet hoe Erik, ergens daar weer rechtsachter, zijn wenkbrauwen optrekt. 'Er wordt hier niet neergeknald,' vat Bob samen. Arend knikt instemmend. Hij ziet ook Erik meeknikken. Bob komt meteen ter zake. Er sluipen vreemde elementen de groep binnen, stelt hij. Nee, daar bedoelt hij geen halvegaren mee die maar iets staan te roepen. Vreemde elementen, bedoelt hij, die hun actieprogramma kunnen schaden. Die misschien wel betaald worden door buitenlandse veiligheidsdiensten met als doel de revolutie te karikaturiseren en onklaar te maken. Elementen die water bij de wijn willen doen... die op compromissen met de imperialistische vijand uit zijn... die zelf azen op functies bij de overheid... Bob kijkt de zaal rond. 'Iedereen in de zaal kent wel een paar van dat soort mensen, iedereen in de zaal weet wat ik bedoel.' Er klinkt instemmend gemompel. Er moet dringend een meldpunt komen, stelt Bob. Een centraal punt waar zulke mensen kunnen worden aangegeven. Als de klacht gegrond lijkt en op voldoende gegevens berust kan het comité besluiten tot maatregelen over te gaan. Wat voor maatregelen? probeert een naïeveling nog. Uitstoting, schorsing, zegt Bob op besliste toon, alsof hij al van tevoren een woord heeft bedacht dat minder erg klinkt dan executie. Er wordt gestemd. Alle rechterhanden gaan omhoog. Behalve die van de jongen die 'Neerknallen!' heeft geroepen en van een oude man, een vogelverschrikker in een veel te ruim pak. Bob wuift naar hem, alsof hij hem wil uitnodigen commentaar te leveren. Het oudje roept dat hij in de vorige eeuw al anarchist was. Ook per abuis de deurcontrole gepasseerd, denkt Arend. De man heeft een bekend gezicht en iedereen tolereert hem vanwege zijn eerbiedwaardige verleden. Hoe oud zal hij zijn? Tachtig? Zeventig? Alle oude mensen lijken even oud. Het oudje van dienst is dit keer een anarchist die tegen straffen en gevangenissen is en ook tegen alle bekeuringen. De staat verdient daar dik aan, luidt zijn stelling. Hij vangt miljoenen met al die bekeuringen. De staat vegeteert op de grote en kleine zonden van zijn onderdanen. Ministerssalarissen worden betaald met een rood stoplicht en openbare dronkenschap. De staat is hypocriet. De oude man ratelt het er achter elkaar uit. Iedereen kent zijn theorieën zo langzamerhand wel... maar de aanwezigen laten hem altijd uitrazen... De vergadering heeft u gehoord en het is genotuleerd, zegt Bob. Nog meer bezwaren? Nee. Het voorstel om een klachtenprocedure tegen vreemde elementen op gang te brengen is aangenomen. 'Met algemene stemmen,' stelt Bob onaangedaan vast. Vervolgens worden de teksten van de adhesietelegrammen aan buitenlandse bevrijdingsbewegingen voorgelezen. De overheid wordt verantwoordelijk gesteld voor het de dood in jagen van een demonstrant die volgens de collaborerende pers zogenaamd aan een hartstilstand zou zijn overleden. Een desbetreffende verklaring zal naar de persdienst van de schandaalkrant worden gezonden.

Rondvraag. Uitgerekend Erik steekt zijn vinger op en krijgt het woord. Hij begint te hakkelen, omdat iedereen tegelijk zijn hoofd naar hem heeft omgedraaid. Het is iets met 'Mao heeft gezegd' en 'laat honderd bloemen bloeien' en Arend weet wel zeker dat hij het oorspronkelijk bedoelde als kritische noot bij het onderzoek naar reactionaire insluipers, maar het komt niet helemaal uit de verf. Erik is een zachtaardige jongen, al weet hij niet altijd wanneer die zachtaardigheid gepast is en wanneer niet. 'Naam?' breekt Bob hem af. Erik noemt zijn naam en mompelt er iets achteraan over andere opvattingen die niet altijd foute opvattingen hoeven te zijn. 'Kameraad Erik,' onderbreekt Bob hem opnieuw, zonder te verbergen dat hij bijzonder geïrriteerd is, 'het is u misschien ontgaan dat die zaak zojuist is afgesloten. Geheel afgesloten. Wij hebben daarover gestemd. Er waren geen onthoudingen.' Erik geeft het op, met een blijmoedige lach. Duidelijk iemand, zou een argeloze toeschouwer kunnen denken, die het wiel graag opnieuw uitvindt omdat uitvinden zo amusant is. Tot zijn schrik constateert Arend, achter dezelfde tafel als Bob gezeten, dat hij zich een beetje voor zijn oude schoolvriendje schaamt.

Het kan niet zijn dat de laatste bijdrage tot de discussie uit de zaal komt... een mooie gelegenheid voor Arend dus om als afsluiting van de vragenronde met zijn eigen voorstel te komen. Tegelijk onderdrukt hij er zijn verlegenheid over de actie van Erik mee. Arend stelt voor om een strenger deurbeleid op de agenda van de volgende bijeenkomst te plaatsen. Een beleid om een ander soort 'vreemde elementen' te weren, elementen die niet schadelijk zijn en zelfs wel sympathiek, maar die de besluitvorming vertragen en weinig nieuws toevoegen. Hij doelt vanzelf op figuren als de neerknaller en de bekeuringenman, maar hij noemt ze niet. 'Ook mensen die Mao citeren?' vraagt Bob, met iets pesterigs in zijn stem. Oppassen dat ik nu niet ga blozen, denkt Arend. Even heeft hij de indruk dat Bob op de hoogte is van de nauwe relatie tussen Erik en hem. Hij bidt dat het een valse indruk is. 'Voorzitter Mao heeft dat van die bloemen trouwens nooit gezegd,' voegt Bob er onverstoorbaar aan toe. Gelukkig dat de voorzitter zelf een einde maakt aan Arends verwarring. De vergadering is ten einde, want Bob staat op en vertrekt.

Dit is de doelgerichtheid die Arend heeft gezocht. Als in een flits ziet hij dat Bob zijn vriend is.

Dit lijkt hem iemand met wie hij ideaal kan samenwerken. Zou vriendschap dan toch niet gezocht hoeven te worden? Zou het gewoon zo onverwacht gebeuren... dat je erin rolt... door een vertrouwen dat meteen al een gewenning is? Arend krijgt het beurtelings koud en warm. Wonderlijk hoe precies je wist met wie je bevriend wilde zijn. Hij had al van het eerste moment begrepen dat Bob hem welgezind was... Arends voorstel voor een strenger deurbeleid sloot dan wel naadloos aan op de vergaderingsagenda, maar toch... hij wilde er vooral de aandacht van Bob mee op zich richten... Hij wilde kunnen vaststellen of Bob zijn voorstel de moeite waard vond... Zou hij... omgekeerd... Arend wel interessant vinden? Hij moet Arend interessant vinden. Hij moet, hij moet, hij moet. In het café geniet Arend juist altijd enorm van oude anarchisten. Hij heeft een oude anarchist opzijgeschoven en verraden om indruk te maken. Nee, hij heeft hem niet verraden. Denk aan de partijlijn, Arend, denk aan de partijlijn. Het persoonlijke moet zonder uitzondering wijken voor het gezamenlijke belang. Met alles wat het zicht op het einddoel vertroebelt – kleine, sentimentele sympathietjes – moet korte metten worden gemaakt. Het is geen tijd voor romantiek. Oude mannetjes hebben afgedaan. Er is een bom op het sentiment neergeworpen en het sentiment ligt op het kerkhof van de oude ideeën. Oude mannetjes zijn hoogstens nog schilderachtig. Solidariteit is geen zaak van gevoelens, maar van sterke schouders.

Sinds het opduiken van Bob heeft Arends leven opnieuw een andere loop genomen. Waarschijnlijk was er niet eens sprake van telkens een nieuwe loop – stap voor stap kwam hij terecht in de loop die al voor hem was uitgestippeld... de loop waarin hij uiteindelijk wel moest terechtkomen. Geen toeval, maar wetmatigheid. De ijzeren logica van de wereldgeschiedenis. Zijn sik heeft hij als eerste weggeknipt. Het ding wilde toch niet groeien. En nog heviger is hij zich gaan interesseren voor de grote lijnen. De globale revolutie, de historische ontwikkelingen. Productiewijzen. De vervreemding. Lijnen in de tijd en lijnen over de wereldbol. Inzichten die zich door zijn contacten met Bob verdiepen. De revolutie staat of valt met haar wereldwijde succes. De boodschap verspreiden naar verre landen heette vroeger zending of kolonialisme. Nu moeten er coalities worden gesloten. Jonge, ontluikende bewegingen moeten worden gesteund. Komen om te helpen is iets anders dan komen om te halen. De jonge, ontluikende bewegingen in verre landen zijn doorslaggevend voor het slagen van de revolutie. Bob lijkt daar verdraaid veel van te weten. Bij zijn onstuimige ideeën steekt het enthousiasme van Erik nogal kinderlijk af. Erik moet de omslag bij Arend hebben aangevoeld. Hij houdt steeds meer afstand en Arend komt hem bijna nooit meer tegen op de actievergaderingen. Arend had de spot in zijn stem wel gehoord die keer, toen hij opmerkte: 'De Dageraad, dat is lang geleden.' Zulke opmerkingen maak je alleen als de revolutie een spel voor je is gebleven, een vermakelijkheid. Hij was Erik die avond, toen hij hem voor het eerst zijn café liet ontdekken, eigenlijk al kwijtgeraakt... Misschien waren zijn vriendschapsbetuigingen ook wat te nadrukkelijk geweest. Misschien had hij wel te opzichtig naar Eriks vriendschap gesolliciteerd. Erik wilde hem afstraffen... iemand afstraffen die zich van zijn zwakke kant laat zien is maar al te menselijk... Begreep Erik misschien dat hij om vriendschap verlegen zat? Arend zag heus wel in dat ze ideologisch niet strookten. Erik hoort tot de schipperaars en de amateurs, de angsthazen die aan de zijkant lachen en meegenieten. Als het serieus wordt gooien ze er het bijltje bij neer of leven ze verder met een slap, roze aftreksel van hun idealen, als helden die nooit een risico hebben gelopen.

Bob heeft hem intussen wegwijs gemaakt in een veel bredere wereld. Hij heeft hem geheimen verteld en strategieën verklapt. Bob maakt deel uit van een netwerk van ondergrondse cellen. Sommige cellen zijn zo ondergronds dat maar een paar betrokkenen van hun bestaan af weten. Bob heeft hem allerlei drukwerk laten zien, in talen als het Chinees en het Spaans, drukwerk dat door de cellen naar de broeders overzee wordt gestuurd en waarin over meer wordt gesproken dan alleen solidariteit. Ze drukken ook binnenlandse vlugschriften om bij de fabriekspoorten uit te delen. Er bestaat binnen de beweging zelfs een ondergrondse krant. *De Tribune.* Arend krijgt elke dag een exemplaar toegespeeld, door een koerier die de krant verbergt tussen de burgerlijke dagbladen. Het zou Bob reusachtig plezieren als Arend in de raad van een van de ondergrondse cellen zou willen plaatsnemen, een raad die dringend versterking behoeft. Het is maar een van de tientallen cellen die op het ogenblik actief zijn, maar de cel zal binnenkort een speciale opdracht krijgen van het Radicaal Front. Ze hebben een secretaris nodig en niemand is daar geknipter voor dan Arend.

Eén keer, op een morgen met vals licht en een deprimerende motregen, vraagt Arend zich af waarom Bob hem zo interessant vindt. Als hij zijn bescheidenheid eventjes laat varen kan hij redenen genoeg verzinnen. Arend heeft contacten met iedereen. Arend zit als een spin in het web. Arend kan mathematisch denken en weet iets van discussietechnieken. Arend lijkt van de hele groep het meest op Bob. Arend houdt zijn blik op de wereld gericht.

Dat klopt niet helemaal, zegt de andere stem in zijn hoofd, die juist weer een vriend is van de bescheidenheid. Bob mag dan wel iedereen in de organisatie kennen die ertoe doet, net als Arend, maar hij heeft ook al heel veel gereisd. Bob mag op Arend lijken, maar hij lijkt ook op een forse beer. Een giraffe, een struisvogel, een hazewind is Arend… iets hoogs en magers…

Van de ene seconde op de andere besluit Arend dat dit soort tweegesprekken de ware vriendschap kenmerkt en hij vraagt het zich niet langer af.

Uit het Verre Oosten komt het bericht dat honderden boeren bij een vreedzame demonstratie zijn afgevoerd en voor elkaars ogen onthoofd, waarna de hoofden als afschrikking op staken aan de rand van het dorp zijn neergezet, en de *Tribune*-correspondent in Zuid-Amerika schrijft over een politionele vergeldingsactie waarbij een heel dorp werd platgebrand, nadat de foetussen uit de zwangere vrouwen waren gesneden om in het volgende dorp tentoongesteld te worden. Tussen Bob en Arend ontspint zich een gesprek over geweld en contrageweld. Wanneer is het gebruik van geweld ook in hun ogen en met hun achtergrond geoorloofd? 'Wat wij doen kan nooit geweld zijn,' zegt Arend. 'Al scheuren we de uitbuiters aan stukken, het kan nooit geweld zijn.' Arend wacht tot hij de voorspelbare grijns op Bobs gezicht ziet verschijnen. Nooit heeft Arend iemand aan stukken willen scheuren, uitbuiter of geen uitbuiter, maar voor de vriendschap heeft hij alles over. Ze besluiten dat ze samen bommen zullen leren maken.

Ook in eigen land laait het geweld af en toe flink op. Bij straatrellen worden barricades in brand gestoken en dan branden auto's en soms huizen onbedoeld mee. De politie schiet gericht. Na gevechten tussen de mobiele eenheid en de demonstranten zien de straten er vaak uit als een slagveld na de slag. Rokende autobanden, scheef hangende lantaarnpalen, uitgebrande wrakken... het is niet langer volksvermaak. Tussen twee laaiende vuurkolommen, omcirkeld door dichte rook, ziet hij Samuel ineens weer staan. Samuel kijkt naar de vlammen, lijkt even met zijn hoofd te schudden en loopt dan weg, met verende tred. De rook slaat neer en Arend kan hem nog enige tijd volgen. Die moet voor het vuurpeloton, denkt Arend.

3

Arend salueert altijd voor het portret dat aan de muur hangt. De muur wordt om de zoveel maanden gekalkt, maar slaat telkens meteen weer bruin uit en iedere morgen moet Arend kalkresten aanvegen. Het portret hangt er als enige relatief onberispelijk bij. Het glas glimt en de insecten wagen zich niet aan de voorzijde. Het stelt een man voor met een strijdlustig voorkomen in een al even strijdlustige uitdossing – snor, bakkebaarden, soldatenpet en militaire onderscheidingen op de rechterborst. Een ruige, onbehouwen man. Maar hij heeft grote, fluwelen ogen en Arend mag hem graag recht in het gezicht kijken. De leider. Hun aller leider. Hun aller commandant en schrik van de caudillo's. De ouderwetse vergulde lijst voert hem meteen terug naar het trappenhuis in de woning van zijn moeder, en hij ziet weer het portret van zijn vader dat daar hing voor zich... Denk de snor, bakkebaarden, soldatenpet en militaire onderscheidingen weg en het is sprekend zijn vader. Even waant hij zich terug in zijn jongensjaren. Met een mengeling van eerbied en lichte vrees kijkt hij in de ogen die hem toen al intrigeerden. De blik is uitnodigend en ongenaakbaar tegelijk. Zijn gedachten dwalen af naar een andere wereld, maar hij weet dat hij daar niet te lang aan mag toegeven. Overal loert gevaar.

De man op de brits in de hoek kreunt. Iets verderop staat een tafel met een kaartenbak en een radio. Door een openstaande deur is in het zijvertrek een apparaat te zien met veel schijven en draden dat bekendstaat als 'de zender'. Voor de rest is de ruimte een speelveld voor kruipende beestjes, hagedissen en slangen. 'Jullie zijn een ongehoorzaam stel. Leer toch eens beter in de pas te lopen. Veeg jullie voeten. Niet rechtsom, linksom.' Arends woorden zijn gericht tot de beestjes die over de vloer en tegen de muur lopen. Af en toe moeten ze streng worden toegesproken. Hij heeft hun loop al ontelbare keren gevolgd en is vol bewondering over hun routine en voorspelbaarheid. Maar discipline kan altijd beter. Er moet goed gemarcheerd worden. De muren en de grond zijn heilig. Wat vliegt telt voor Arend allang niet meer mee. De gele vlinders, klein als motten, en de grote gitzwarte vlinders die met hun vleugels een raar klopgeluid maken vallen niet onder zijn dressuur. Hij loopt naar het roestige aanrecht in de bijkeuken, pakt een doek tussen de lege flessen en voorraadblikken vandaan, sopt de doek in een emmer en begeeft zich met versnelde pas naar de man op de brits. Met een ferm gebaar duwt hij het hoofd van de man opzij. Een geul bloed stroomt in de doek. Terwijl de man met een van pijn vertrokken gezicht zijn oude positie weer opzoekt keert Arend naar de keuken terug, waar hij de bebloede doek in een emmer gooit die tot de rand is gevuld met korstige doeken. Ook hier regeert de routine. Vervolgens gaat Arend het apparaat dat 'de zender' heet poetsen. De zendinstallatie is al maanden niet meer gebruikt, maar het is van het grootste belang dat ze operationeel blijft. Elke dag wordt het gedrocht gepoetst. De draaischijven staan correct op de nulstand. Soms vangt de zender in het wilde weg aan te piepen of te krassen, maar Arend weet allang dat dit niets betekent. Als het ding echt aan het werk gaat beginnen er eerst lichten te branden en geeft het een hoog alarm af, telkens twee seconden met één seconde tussenpauze.

  Ook de geluiden buiten kent hij. In het begin schrok hij nog wel eens – het janken van een hond dat aanvankelijk leek op het geluid van een fluitende kogel... of het sissen van een slang dat het begin van een explosie had kunnen zijn... Te laat, te laat. Met zijn rug tegen de muur schuifelde hij dan, pas voor pas, naar de deur. Een kieviet is hij allang niet meer, al kan hij zich nog snel genoeg uit de voeten maken. Het was steeds weer een hond die jankte of een sissende slang. Er kwamen meer vreemde geluiden bij en ook met die geluiden raakte hij vertrouwd. Hij stormt nu iedere keer zonder aarzeling naar buiten. Verraderlijke geluiden bestaan niet langer. Hij wiekt een paar keer vervaarlijk met zijn armen en, geschrokken van de schaduwen, zoeken hond en slang of welk ander beest ook verderop hun heil. Nooit de kleintjes. De kevers, de torren, de kakkerlakken en de schaarse schorpioenen laten zich niet door hem verjagen. Ze volgen in optocht hun vaste wegennet, kleine lichtflitsen uitzendend, de blauwachtige schitteringen van mica en paarlemoer. Ze kruipen tegen zijn rechterbeen omhoog, dalen langs zijn linkerbeen af en vervolgen onaangedaan hun ingekeerde leventje. Ze scharrelen vooral graag rond in de buurt van de man die op de brits ligt. Daar ruikt het naar bloed. Daar ruikt het altijd naar bloed. Op de grond naast de brits staan borden met onaangeraakte rijstballen en enchilada's.

Het probleem met het groen hier is niet dat het groen is, maar dat het overal, altijd en overdreven groen is. Het groen van de natuur maakt de hemel groen, de sappen in het lichaam groen en de gedachten groen.

De jungle is een eigenaardig iets. Voor iedere tak die Arend – of wie dan ook – wegduwt krijgt hij er twee terug. Als hij eens goed driftig wordt en de tak met zijn kapmes weghakt krijgt hij er drie of vier terug. De jungle is een besmettelijk bos dat zich uitbreidt in de afvoerpijpen, achter de drempels en onder de vloerplanken. Een groene, bebladerde, stekelige tumor.

Arend hoeft nooit naar buiten om al buiten te zijn. Dit is de derde keer dat ze hem hier voor langere tijd hebben achtergelaten. De eerste en de tweede keer dat ze zonder hem op expeditie gingen waren de mannen op de ziekenbrits al dood voor de groep terug was. Het is nog een hele kunst om binnen te blijven en daarbij de stervende man te ontlopen. Buiten ziet hij alleen reusachtige hoeveelheden prikkeldraad, naast de reusachtige hoeveelheden groen en beesten. Bij de put ligt zelfs een met prikkeldraad omheind veld waarop alleen rollen prikkeldraad liggen. Het is een dagreis naar de plek waar de eerste cabañas staan en waar mensen wonen. Toen hij hier nog maar enkele maanden was heeft Arend de nederzetting eens zien liggen. Door een opening in het groen. Hij zag telefoonpalen, bierkratten, hangmatten, ontvelde kippen. Een groep halfnaakte mannen was met machetes in de weer om palmwaaiers te kappen voor de daken. Een ton op het erf van een van de cabañas viel kletterend om en de groep trok haastig verder.

Het kan Arend nauwelijks schelen of de aan hem toevertrouwde pupil het haalt. Als hij sterft is hij gestorven voor de goede zaak. Arend verlaat de zone waar het altijd naar bloed ruikt en betreedt de zone waar de geur van petroleum overheerst. De lamp heeft hij nog lang niet nodig. Het is midden op de dag. Hij kijkt in de verweerde spiegel, gedachteloos en ongeïnteresseerd, alleen om te constateren dat hij nog tot de mensen behoort, hoe verwilderd hij er ook uitziet. Verwilderd is niet het goede woord. Hij loopt nog fier rechtop. Wel heeft hij meer haar gekregen, meer rimpels en hollere ogen. Zijn martiale plunje is smerig en slobbert om zijn lichaam. De scheuren zijn dichtgenaaid met plastic draad. Verder is hij nog even alert en even ongedurig. Hij lijkt dan wel vertrouwd en vergroeid met het ongedierte en de zieke man – toch zou elke onregelmatigheid hem onmiddellijk opvallen.

Hij staat uit zijn schommelstoel op, passeert de gewonde guerrillero die lichtjes kreunt en half in slaap lijkt terwijl een streep licht die door een kier in het wegroestende en scheef hangende rolluik naar binnen dendert precies valt op zijn gezicht met stoppelbaard en bruine vlekken, en gaat in het aangrenzende vertrek op bed liggen. Een koperen bed met een veelkleurige doek als sprei. Het is zijn enige luxe hier. Het bed en de tequilafles. Hij staart naar het plafond, maar heeft daar na een minuut genoeg van. Hij loopt op blote voeten terug naar de schommelstoel. Het vuile hemd van de man is omhooggeschoven en op zijn harige borst die hevig op en neer gaat ziet Arend het gerafelde vlees en de etterrand die resteren van een schampschot. De kuil in het hoofd van de vechtjas begint alweer aardig vol te druppelen met bloed. Over een halfuur doekendienst.

De gekmakende geluiden buiten zijn voor Arend routinegeluiden geworden en het groen een neutrale kleur. Het zou hem niet verbazen als zijn hersenen buiten in de jungle wandelden en zijn hoofd gevuld zou zijn met lianen en mierennesten. In deze hitte en in dit licht loopt alles door elkaar. De tafel en de zendinstallatie en het koperen bed staan duidelijk afgetekend in de ruimte en toch worden ze door diezelfde ruimte opgeslorpt tot er iets vaags overblijft – een waas van dingen die hun onafhankelijkheid hebben verloren en zich tegelijk pijnlijk blijven aftekenen. Arend heeft koppijn. Hij schudt een halve koker Alka-Seltzers leeg. Hij heeft zijn hoofd hier nodig. De zieke man heeft Arends hoofd nodig. Hij moet zich dapper blijven voorhouden dat hij zijn hoofd nodig heeft. Gedurende dagen als deze is hij misschien te vrij, te bandeloos. Hij hoeft met niets rekening te houden, niet met de wolven van de onzekerheid en niet met de hyena's van de tucht. Maar hij mag zijn hoofd nooit helemaal verliezen.

De schommelstoel knarst telkens als hij zijn meest achteroverhellende positie heeft bereikt. Dat knarsen aan het eind van een cyclus kondigt meteen het begin van een cyclus aan. Soms telt Arend wel eens met de schommelingen mee, maar het echte plezier erin is hij kwijt. Hij kijkt naar een langgerekte optocht van beestjes die in een dunne lijn bijna het plafond hebben bereikt. Hij kijkt naar het peertje dat hem herinnert aan de periode dat er nog een generator was. Er stroomt weinig geld naar de groep en het geld dat er nog is hebben ze dringend nodig voor het op peil houden van de wapenvoorraad. Munitie, munitie, munitie – dat zijn hun drie belangrijkste levenseisen. Zonder Arend zou er misschien helemaal geen geld zijn.

Arend verbaast zich over zijn gemoedsrust. Om zichzelf te kwellen denkt hij wel eens terug aan het gegil van de kinderen die onder de rupsbanden terechtkwamen en in het regenseizoen werden verzwolgen door de modder. Of aan de waanzinnig felle ruk waarmee de eerste kameraad voor wie hij hier moest achterblijven overeind schoot op het moment dat hij stierf. Drie dagen had de jongen er bewusteloos en zelfs vredig bij gelegen en toch resteerde er genoeg energie om Arend de stuipen op het lijf te jagen. Het leven wil zich maar moeilijk gewonnen geven, het trekt zich terug in een schuilhoek of een hinderlaag, het balt zich samen in de botten, maar exploderen moet het. Zulke herinneringen houden Arend niet langer wakker. Ze hebben nu plaatsgemaakt voor momenten van een onbestemde droefheid en al die droeve momenten samen zijn voor hem synoniem geworden met gemoedsrust. Op dezelfde manier, bedenkt hij met een glimlach, waarop ook het rood van het bloed en de goudkleur van de koperen beddenspijlen een soort groen zijn geworden.

Het leven was goed met Bob. Hij had Arend de eerstvolgende vergadering al gevraagd zijn rechterhand te worden om hem vervolgens stap voor stap in te wijden in zijn internationale netwerk van ondergrondse cellen en speergroepen. Hoe de codenummers werkten en waar de zwakke plekken zaten in de instituten van de dictatoriale regimes. Informatie die ze uit allerlei hoeken van de wereld binnenkregen. En in die hoeken van de wereld waren ze weer geïnteresseerd in hun acties en plannen, zodat er geregeld kameraden op uitgestuurd werden om ter plaatse contact te zoeken en inlichtingen uit te wisselen. Het kantoor van Bob leek een enorme chaos, met overal ordners en papierbundels. Toch had Arend snel door hoe zorgvuldig ze daar alles in kaart hadden gebracht. Hij was rechterhand en woordvoerder en plaatsvervanger op vergaderingen tegelijk. Hoe druk Bob het ook had, voor Arend maakte hij meteen tijd. Zijn speciale opdracht was de lacunes in de registers met binnenlandse gegevens zoveel mogelijk op te vullen. Bob hamerde op namen, verblijfplaatsen, paspoortnummers, actiefoto's. Daarna begon het grote reizen met Bob. Alles nadat hij schietles had gekregen en ze samen bommen hadden leren kneden.

Het eerste land waar ze op uitnodiging van de regering verbleven was het bevriende Albanië. Een kleine staat die dapper standhield tussen de grootmachten en trouw bleef aan de zuiverste principes van de revolutie. Bij het bestrijden van valse ideeën en bijgeloof was een grote rol voor studenten weggelegd. Arend begreep dat geen land er zonder kon de zaken soms mooier voor te stellen dan ze waren... propaganda waar niet één land buiten kon... en waarin juist de grootmachten bijzonder bedreven waren... Hij wilde ook wel toegeven dat het land nog ver van het paradijs was verwijderd, maar wat hij zag maakte diepe indruk op hem. Lange rijen kinderen stonden langs de weg te zwaaien toen hun colonne met auto's langsreed. In een van de laatste auto's zaten Bob en hij, als speciale gasten van het Jaarfeest van de Internationale Verbroedering. De kinderen zwaaiden uiteraard uitbundig naar de eerste auto waarin zich de volksvoorzitter bevond, staande naast de volkschauffeur en in zijn grijze volksuniform, maar ze zwaaiden nog steeds bij de laatste auto. Dat kan alleen bij echt enthousiasme. Bloemen werden in hun auto gegooid... in een land waar verder nauwelijks bloemen te zien waren... Het paradijs groeit niet vanzelf... die boodschap werd hier nog eens duidelijk bevestigd... het moet gemaakt worden, met arbeid en inspanning.

Ze hadden daar fabrieken bezichtigd en universiteiten. Overal kwamen ze dezelfde vriendschap en hetzelfde warme vertrouwen tegen. Arend hield enkele toespraken, in zijn niet al te beste Duits of Engels, maar de belangstelling was altijd enorm. En het applaus. Groot was de nieuwsgierigheid naar de voortgang van de acties in het land van Arend en Bob en omgekeerd kregen zij elke informatie die ze wensten. Jawel, de volkeren van de wereld bouwden samen aan één toekomst. Bob wilde meestal op de achtergrond blijven. Vaak stuurde hij Arend er alleen op uit, vooral als het om intiemere bijeenkomsten ging of kleinschaliger manifestaties. Op studentenbijeenkomsten schoof hij

Arend principieel naar voren. Hij was de jeugd. Hij vertegenwoordigde de jeugd. Bob gaf Arend voortdurend het gevoel dat hij belangrijk was. 'Ze vertrouwen jou eerder,' zei hij dan. 'Op dikke mannen reageren ze veel te schuchter.' Arend was zelfs nog enkele malen in zijn eentje naar Albanië teruggekeerd. Hij had een flinke lijst opgebouwd met persoonlijke contacten. Wie eenmaal het vertrouwen van mensen daar had gewonnen, wat bij dit gesloten volk niet makkelijk was, kon voor eeuwig op hun medewerking rekenen. Op partijbijeenkomsten kenden ze Bob en Arend bij hun voornaam. Hoe anders ging het daar toe dan op hun demonstraties thuis, met die rommelige democratie en al die lawaaimakers! Arend zag duidelijk de verschillen. Hier geen rustverstoorders en op de spandoeken stond maar één leus. Dat waren goede tekens. Dat betekende eenheid in de gelederen.

Toen kwam China. Bob had er al een aantal relaties aangeknoopt voordat Arend er voor het eerst kwam. In China was alles weer anders geregeld. Veel meer contacten met lokale hoogwaardigheidsbekleders. Hoge leiders – echt hoge leiders – uit de centrale partij waren er zelden bij. Het maakte niet veel uit. In China leek iedereen een hoogwaardigheidsbekleder. Of een revolutionair. Opnieuw een voordeel van het uniform. 'Het systeem bedriegen met het systeem' had Arend dit vroeger genoemd. Hier hadden het individuele bedrog en de individuele spot ook nog eens plaatsgemaakt voor iets universelers. Hier had het uniform het oude systeem tenietgedaan. Dat lukt alleen de macht van het getal. Alles was hier een tikkeltje groter, de rijen met kinderen langs de weg, de massameetings, de autostoeten en de vlaggenrijen. In hun gesprekken met studentenaanvoerders en groepsleiders moet het woord solidariteit net zo vaak zijn gevallen als het woord naastenliefde of wilt-u-nog-koffie op een ouderlingenvergadering van zijn moeder. Van Kunming naar Changchun werd welwillend geluisterd naar Arends verhalen over hoe de revolutie ook aan de andere kant van de wereld voet aan de grond begon te krijgen. Hogere deuren gingen open en nog hogere. Na enkele bezoeken aan het land had Arend de indruk heel wat dichter bij de centrale macht te zijn terechtgekomen – al kon je dat door de uniformen vanzelf niet zien. Je zag het alleen aan de groeiende omvang van de partijgebouwen. En aan de toename van het aantal geheime besprekingen. Bob leek tevreden met zijn inbreng, dat was het belangrijkste. Hij noemde Arend 'onze ambassadeur in China'. Na de eerste, aftastende bezoeken was Arend uiterst bedreven geraakt in het uitspreken van Chinese namen en zijn kennis van lokale gedragswijzen en gebruiken dwong alom respect af. Trots was hij daar wel een beetje op. Wie wil bewijzen wat hij waard is moet ook de kans krijgen om te bewijzen wat hij waard is. En hij had die kans gegrepen. De *Vereniging Vrienden van China* was een feit.

Arend herinnert zich een zaal met duizenden studenten, ergens in een provinciehoofdstad. Grijze uniformen tussen de rode doeken... rode vlaggen... rode zeeën van doek en vlag... De studenten zwaaien naar hem, met hun sierlijke polsen en slanke vingers. Hun heldere gezichten deinen als pluizen op een stoppelveld. Arend spreekt twee zinnen uit, misschien anderhalve zin. Het applaus houdt minutenlang aan.

Ze waren met een wereldbeweging bezig, het viel niet langer te ontkennen. Hij was het nationalisme voorgoed ontstegen. Hij behoorde tot de pioniers. Hij zag het in de ogen van Bob.

Hij hield van Chinees eten en hij hield erg van Chinese dieren. Tijgers, draken, slangen, apen. Ze zouden de worm van het grootkapitaal verpletten.

Andere landen zouden volgen voor het reislustige stel, maar China bleef de hoofdschotel. Tussen twee reizen door was Arend getrouwd – omdat je nu eenmaal trouwde, omdat het meisje uit het goede revolutionaire hout was gesneden en begrip kon opbrengen voor zijn lange perioden van afwezigheid en, vooruit, ook om zijn moeder te plezieren. Bob had op zijn bruiloft mooi gesproken.

Ze hadden inmiddels veel meegemaakt, Bob en hij. Ondervragingen door de geheime politie, na een valse tip uit reactionaire hoek, picknicks hoog in de bergen met praatgroepen van studenten in de Arbeidsfilosofie en de Religiekritiek, baby's die plotseling in hun armen werden geduwd en trainingskampen waar ze dagenlang moesten meedoen aan conditieverrijkingen als rennen, hordelopen en koprollen om niet uit de toon te vallen. Als Bob en hij niet al boezemvrienden waren geweest waren ze het wel geworden onder de druk en dwang van het harde leven. Een leven dat steeds weer uitliep op papier- en paperassenwerk. Op de ernst van hun zending. O, ze hebben ook wel eens plezier gemaakt. Elkaar tijdens het lange wachten in hotellounges uit de verzamelde werken van Enver Hoxha voorgelezen... Bob de rechterbladzijden en hij de linkerbladzijden. Met drie bloemenkransen op het hoofd rondgelopen, wild gedanst in een lendenschort van sisal en gek Chinees gepraat, met allemaal ellen in plaats van erren. Latjetoe. Kamelaad. De toespraak van Bob op zijn trouwpartij was helemaal het einde geweest. Toen pas realiseerde hij zich over welke komische krachten Bob beschikte. De wittebroodsweken hadden zijn vrouw en hij in een romantisch dorpshotel doorgebracht, dicht bij huis. Kinderen zouden ze later wel nemen.

Als Arend op een van zijn verre reizen aan het bruiloftsfeest terugdacht zag hij niet als eerste zijn vrouw voor zich, maar zijn moeder. Op een ouderwetse stoel tegen de muur zat ze... fier rechtop... tevreden glimlachend naar de bruid. Moeders worden van een afstand groter. Hoe zou het met zijn moeder zijn? Ze had nu tenminste gezelschap van zijn vrouw. Het troostte Arend toch enigszins dat hij voor een plaatsvervanger tijdens zijn afwezigheid had gezorgd.

Hij hoort een onregelmatig geluid dat hem doet opschrikken. Iets snorrends en ratelends, duidelijk niet van een beest. De man op de brits heeft zijn rechteroog langzaam geopend. Hij hoort duidelijk ook iets. Het kan geen verbeelding zijn, zoals die keer dat Arend een lekkende kraan hoorde... kort geleden... een hardnekkig gedruppel in de kamer hiernaast was dat... een druppelen dat dreunen werd... een vermanend ritme... terwijl hier niet eens een waterleiding is. Alles gaat hier met een pomp en met emmers. De kranen zijn verroest en dichtgeslibd met groen en nog eens groen. De kranen steken hun groen uitgeslagen tong naar hem uit. De man op de brits kreunt en spert beide ogen open. Er resteert te weinig fut in zijn blik om eruit af te lezen of hij iets verschrikkelijks ziet. Arend loopt naar de patiënt toe en legt zijn hand op diens voorhoofd. Klam, of het op het heetst van de dag is. De man is opnieuw in slaap gesukkeld. Ook het snorrende geluid is verdwenen. Het zal een vliegtuigje zijn geweest. Zo'n vijfentwintig kilometer verderop ligt een klein vliegveld waar op onvoorspelbare momenten nu eenmaal iets kan gebeuren.

Toen Bob hem naar dit kamp dirigeerde was het een oord vol geroezemoes en geschreeuw. Een ander woord dan 'dirigeren' kan hij er niet voor bedenken. Hij was op werkbezoek in de hoofdstad, waar kameraden van het ondergrondse *Heil van de Ster* hem al eerder een warm welkom hadden bezorgd, vanwege de aanbevelingen van grote broer China. Ze waren druk in de weer geweest met het in kisten laden van stenguns, toen hij op een dag op een vliegtuigje werd gezet. Hij en Bob zaten met enkele zwaarbewapende guerrillero's in het laadruim en urenlang scheerden ze laag over de jungle. Hij weet nog hoe de zinderende activiteit in het kamp hem verbaasde, zo ver van de buitenwereld. Een militair oefenkamp, een commandopost, een logistiek knooppunt, het kon van alles zijn. Nu functioneert alleen dat deel van het complex nog waarin hij ijsbeert en schommelt en met doeken sjouwt… eerder een bescheiden aaneenschakeling van cabañas dan een kazerne. De rest is platgebrand. Toen de vuurzee was uitgewoed bleek het niet eens meer nodig het zwartgeblakerde grondstuk en de fragmenten van de muren en het fundament met groene takken en bladeren te camoufleren. Op de jungle kon je rekenen.

Bob is precies drie dagen gebleven. Hij verdween met een hoge commandant in een jeep de jungle in en Arend heeft hem sindsdien niet teruggezien.

De man op de brits stoot opnieuw een geluid uit. Zijn arm valt als verdoofd over de rand van het bed. Arend ziet een vuist die zwart is van de mieren. De man schudt hevig met zijn hoofd.

Arend drinkt in één teug een glas tequila leeg. 'Moed houden!' roept hij de man toe. 'No pasarán!' De rechtervuist in de lucht, altijd de rechtervuist in de lucht.

Herinnert hij zich Bob eigenlijk nog wel? Moeilijk. Hoe herinnert hij zich hem? Nauwelijks. Bob zelf heeft geen gezicht. De vriendschap heeft een gezicht. Toch zal Bob hem komen halen. En als Bob hem niet komt halen staat hij elders wel voor hem klaar. Altijd zal hij ergens zijn om Arend op te vangen. Waar ook ter wereld.

Er rolt een druppel bloed over de rand van het kuiltje. De hoogste tijd voor Arend om een doek te halen.

Verbindingsman, hij zou iets van een verbindingsman zijn. Dat was de opdracht van Bob. Arend moet lachen. Een verbindingsman is hij zeker. Hij verbindt zieken. Maar hij heeft geen pleisters en geen verband.

Er lagen die dag van aankomst nog overal kabels op de vloer. Jeeps reden af en aan. Het leek of de vogels probeerden boven het geschreeuw en de bevelen uit te komen. Arend moest even dit opknappen en Arend moest even daar een mouw aan passen... zo gaat dat met groentjes in de kazerne... Met triomfantelijk getoeter was een jeep komen aanrijden en twee mannen werden eruit geduwd, magere mannen in witte hemden en blauwe broeken. Iemand had een touw om hun middel gebonden zodat ze hun armen niet konden bewegen. Een van de bevelhebbers wenkte Arend, die altijd wel met een machete of een stuk gereedschap in zijn handen liep, en beval hem het koord dat om de lijven van de mannen was gebonden door te snijden. Bijna op hetzelfde moment werd het tweetal getroffen door een salvo uit het geweer van een andere hoge commandant. Hun benen knakten. Als poppen vielen ze voor Arends voeten neer. Met wijd open ogen staarden ze naar de machete die Arend in de aanslag hield. De hele scène had nog geen minuut geduurd. Iemand gaf een trap tegen de hoofden van de vastgebonden mannen. Als een zachtgekookt ei spatte een oog uit elkaar en een neus verdween het gezicht van de man in. De beide commandanten in hun militaire uniform liepen weg en de man die had geschopt beet Arend toe: 'Hak ze in stukken!' Arend was in dezelfde houding blijven staan, lichtjes over de mannen heen gebogen en met het kapmes aan het eind van zijn gestrekte rechterarm. De twee mannen in hun witte hemd leefden nog. Arend trok zijn arm naar zich toe, rechtte zijn rug, draaide zich kalm om en wandelde weg naar de kazerne.

Een hele dag had hij vloeren moeten schrobben.

Nu is hij klaar met het opvangen van het bloed en het op zijn manier schoonvegen van de wond. Als hij op weg naar het bijkeukentje langs de tafel met de radio loopt ziet hij een stapeltje brieven liggen van zijn vrouw. Het lijkt hem al eeuwen geleden dat in de kazerne een einde aan de post kwam. De brieven kwamen mee met de jeeps die naar een voorpost of langs het vliegveld waren geweest. Kisten met voorraad werden uitgeladen en dan pas kreeg hij zijn post. Hij heeft een lint om de brieven gestrikt zodat ze niet zullen wegwaaien. Het lint is danig verbleekt en gerafeld. Bob heeft de laatste uitgaande post meegenomen, met een paar dossiermappen en kartonnen dozen vol documenten. Opnieuw hoort hij een vreemd geluid, een geluid tussen goedmoedig zoemen en angstig fluiten in. Het is zijn hoofd, denkt hij, het moet zijn hoofd zijn. De hele wereld zit daarbinnenin. De man op de brits, de brieven, de doek, de kaartenbak, de zwijgende zender, alles zit binnenin. Het zou hem niet verbazen als het ineens maar drie uur zou duren tussen iedere zonsopgang en zonsondergang. Een lange aaneenschakeling van siësta's... morgen zou het al de gewoonste zaak van de wereld zijn...

Ik hou van je, schommelstoel. Er zit genoeg liefde in me om ook nog eens van jou te houden. De keus had ik tussen hangmat en schommelstoel, maar de hangmat is rot. De jungle heeft de hangmat opgevreten. Nee, de jungle maakt me niet gek. Broeierig is het... Zelfs de insecten bewegen zich trager. Maar ik... ik denk nog even helder en ik volg alles. Ik zie de torren duidelijk voor me. Ik weet exact wanneer het tijd is voor de bloeddoek. Ik zie in welke ramen glas zit en in welke ramen niet. Ik kan de dagen en de uren en de seconden tellen en nauwkeurig bijhouden. Voor ik gek begin te worden zal er nog veel moeten gebeuren. Ze hebben het kamp verplaatst... er is een brand geweest... er is een bombardement geweest... en zie, ik ben niet gek geworden. Ze zullen terugkomen. De commandanten zullen terugkomen. Ze zullen de mieren en de torren en al dat kruipende vee genadeloos verdelgen. Ze zullen met bazooka's komen en met spuitbussen en met veel pleisters en verband. Schommel, jongenlief, schommel. Ik hou van je ritmische geknars. Ik dein op een waterloze zee... ik, die een vechter ben. Ik heb schieten geleerd, maar ik wil niet schieten. Schieten wil ik alleen om schrik aan te jagen, schieten wil ik op een olievat of een stropop, maar ik wil niet schieten of inhakken op een levend mens. Ik wil niet moorden. Ik kan niet tegen de angst in de ogen van iemand die van mij afhankelijk is. Ik kan niet tegen de blik van een man die afscheid moet nemen van de aarde, het licht en het laatste groen. Het allerlaatste groen... een vogel die nog nooit zo helder heeft gefloten als juist die keer... Die laatste keer... nooit was de hemel zo open en weids... en dan valt het doek voor die hemel... Ik heb in armen en benen geschoten en ik heb iemand in de schouder geschoten, gevaarlijk dicht bij zijn hoofd. Maar een man afmaken... Waarom trek ik daar de grens? Is een verminkte niet beter af door maar helemaal dood te zijn? Heeft een ellendeling zonder benen of zonder geslacht nog wel iets in het leven te zoeken? Ik begrijp wel waarom ik de grens daar trek... ik hecht zelf aan het laatste groen... Wat de dagen hier draaglijk voor me maakt en de trage tijd nog iets van vleugels geeft is mijn verbazing over het bestaan van de kleuren, de kleuren van roest en koper, de kleuren van de paradijsvogels buiten. Ik weet dat het uitbundige groen me bij die verbazing een handje helpt, maar toch… toch herinneren de kleine vlekken en felle glinsteringen me vooral aan het feit dat ik kijk, dat ik ademhaal, dat ik via de omweg van mijn hoofd mijn kleine teen nog kan bewegen… dat ik besta. Zie, ik kan mijn grote teen zelfs een paar kunstjes laten doen. Drie keer langzaam, drie keer snel. Laat ze stikken in hun god en hun hiernamaals. Als ik mijn teen maar zie bewegen. Maar… waarom zou ik juist de tegenstander een kans gunnen? Ik weet dat het om mijn ergste tegenstanders gaat… de vijanden van de revolutie… de grootste vijanden van de droom die mij voor ogen staat. Wie niet bijdraagt tot de vooruitgang verkeert in een diepe slaap en kan net zo goed dood zijn. Als ik zo iemand uit de weg ruim bevestig ik alleen een feit. Waarom liet ik op dat beslissende moment verstek gaan? Mijn kameraden vroegen me niet om te moorden… ze vroegen om een blijk van solidariteit. Misschien ben ik alleen maar te laf. Ik behoor te vinden, met heilige overtuiging, dat we alle vijanden die het op ons en onze idealen hebben gemunt vrijelijk de ogen mogen uitsteken, de handen mogen afhakken, de tong mogen afsnijden… het dient mijn evangelie te zijn dat we ze niet genoeg kunnen martelen en laten doodbloeden… dat we niet mogen rusten tot de laatste is neergeknald. Uitbuiters en woekeraars. Onkruid. De aarde is rot en de aarde moet gezuiverd. Daar kan wel een keer wat klein leed mee gepaard gaan... een te haastige afscheidsblik op de weidse hemel... een te versnelde afscheidsgroet... maar uiteindelijk wordt de wereld als geheel er beter van. Wij zijn de nieuwe mensen. De doden zonder wil... de halfdoden van geest... de schijndoden die met alle winden meewaaien... ze verdienen geen plek meer. Ik heb ophangingen gezien en executies en het kon me bitter weinig schelen. Maar hiervoor deinsde ik terug. Ik ben een laf kind. Ik ben niet geslaagd voor de revolutie. Ik ben niet geslaagd. Wat hebben al die sentimenten ermee te maken... die slappe verhaaltjes... medelijden met een man die voorgoed afscheid neemt... en op de koop toe ook nog medelijden met mezelf... gewoon omdat ook ik niet wil sterven. Als de revolutie het van me vraagt zal ik sterven. Al het andere is... egoïsme. Dat kleinzielige hechten aan het leven staat onze betere wereld in de weg. We moeten af van de remmende en ondermijnende krachten... van de mastodonten achter hun stuwdammen en de ratten die ondergronds gaan... Nee, mijn kijk op de wereld is nog volkomen zuiver. Geen compromissen... Niet een van die halfslachtige tegemoetkomingen die maken dat de schipperaars en grappenmakers uiteindelijk met de overwinning gaan strijken... Ik heb meegevochten. Ik ben vaak bloedstollend dicht bij de dood geweest. Het leven is een offer. Als het leven geen offer is, in wat voor zin ook, dient het nergens toe. Ik leef nog. Leven is getuige te kunnen zijn van de dood. Ik zou nu kunnen sterven, want ik heb mijn offer gebracht. Was het verraad aan de revolutie, die ene keer dat ik terugdeinsde? Koos ik voor mezelf in plaats van voor de goede zaak? Later op de middag hebben ze me opgedragen de beide mannen te begraven. Ik stond daar alleen met mijn schop. Twee magere mannen in ondergoed, met gebroken schedels. Het deed me niets. Een dode klassenvijand is de beste vijand... Maar dat ene moment, toen ik niet wilde... niet kon... Ik heb geen idee of ik dat als een nederlaag moet beschouwen. Ik was bang. De beide mannen leken helemaal niet bang. Ik heb er nog vaak over nagedacht. Berustte mijn weigering om te doden, man tegenover man, op lafheid? Of was het mijn eigen bijdrage aan de revolutie? Begreep ik op dat moment, in een flits, dat ik de revolutie niet beter kon dienen dan door het terugdeinzen voor deze grens? Ik weet het niet. Het heeft me een paar keer flink uit mijn evenwicht gebracht. Mooi, jij schommelstoel, dat je altijd in balans bent. Zelfs uit balans ben je in balans. Ben ik in balans? Heb ik iets bereikt? Heb ik een begin gemaakt met het verwezenlijken van mijn droom? Moest ik door die ene weigering dan zo nodig een martelaar worden? De schommelstoel zegt ja... de schommelstoel zegt nee... De insecten applaudisseren. Het is een gek gezicht om kevers en torren met hun vleugels te zien applaudisseren. Ik ben de koning van de insecten. Aarzeling is het grootste struikelblok op weg naar onze betere wereld... onzekerheden zijn de gifkiemen van de utopie... Ik wil er niet aan toegeven. Ik mag er niet aan toegeven. Nederlagen en teleurstellingen... veel te grote woorden voor de doodgewone ups-and-downs die met ieder project van langere duur gepaard gaan. Onze heilige tocht blijft ononderbroken... Nederlagen en teleurstellingen zijn het enkel in het oog van de reactionairen en cynici die ons volgen met hun vergrootglas. Ik en mijn kameraden... wij hanteren geen vergrootglas. Nimmer! Maar hoe ik het ook bekijk, mijn ongehoorzaamheid, toen ik daar zo onbeweeglijk bleef staan met mijn machete, was een nederlaag. En de teleurstellingen... Dat ik hier niet weg kon na het overlijden van mijn moeder was de grootste teleurstelling. Halverwege de negende symfonie van Beethoven was er een nieuwsuitzending op de radio. Toen deed de radio het nog. Eerst het wereldnieuws, dan de faits divers... Op zeventigjarige leeftijd overleden... meteen daarop hoorde ik de naam van mijn moeder. Eerst was het of ik mijn eigen naam hoorde na het lotnummer waarop de hoofdprijs was gevallen... pas toen drong het tot me door... Ze probeerden haar naam zo correct mogelijk uit te spreken. De eerste vrouwelijke dominee van haar land... Oprichtster van het solidariteitsfonds *Heil van de Ster*... Is het burgerlijk om midden in het vuur van de revolutie aanwezig te willen zijn op de begrafenis van je moeder? Toen ik mijn kameraden uitlegde wat het nieuwsbericht met mij te maken had zag ik hun ongeïnteresseerde gezichten en ik begreep het antwoord op die vraag meteen. Er kon geen sprake van zijn ertussenuit te knijpen. Heel even maar heb ik het ideaal vervloekt... ik heb het kamp hier en onze activiteiten vervloekt... ik heb mijn administratieve detailzucht vervloekt... even, even. Ik geef het eerlijk toe. Heel even was het allemaal betekenisloos voor me. Maar ik heb me vermand. Ik heb me meteen weer vermand. Hoe zou het huis waar ik ben geboren er nu uitzien? Zou alles zijn weggehaald, het portret van mijn vader, de draaitafel, de gong? De straat ligt er vast nog zo bij. Wat is geluk? Dat is de enige vraag die overblijft... Misschien hebben ze het bakbeest van een school tegenover ons huis gemoderniseerd, met zijn veel te hoge ramen en paleisachtige allure... maar verder is alles vast nog hetzelfde. De brede stoep. De opritten. De grote bomen. Misschien zijn de bomen nu ook weg. Bomen belemmeren de welvaart. Ik voel nog hun koelte en schaduw. Dezelfde koelte en schaduw die ik onder de bomen in China heb gevoeld... keer op keer... Hier is het lauw en benauwd en de schaduwen jagen me schrik aan, maar het groen is gelukkig gebleven. Het ideaal laat me niet in de steek... ondanks de kleine ontgoochelingen... Het blijft groen. Ik hoor geluiden, terwijl ik stellig blijf volhouden dat ik ze niet hoor... Het kan een vliegtuig zijn. Het kan een reptiel zijn. Het kan de wiekslag van mijn moeder zijn. Mijn moeder zweeft hier boven me. Het moedertje van de jungle. Mag ik zoiets wel geloven? Als ik het over God heb, heb ik het over de God van mijn moeder. Hoe zou het met die God zijn? Ontbladerd, gerenoveerd, beroofd van inhoud? De gedachte dat de zielen van onze dierbare doden boven ons zweven en ons wanhopig volgen is erg... het is tegen de leer... het komt uit de oude doos... maar de gedachte dat de zielen van onze dierbare doden níet boven ons zouden zweven om ons wanhopig te volgen is nog erger. Zo denk ik er alleen over omdat ik aan mijn moeder denk... sentimenten... reactionaire sentimenten... praatjes voor de vaak... De eenzaamheid speelt me parten. Als die zieke bloedspuwer in de hoek nu eens spraakzamer was... Gewonden heb ik in mijn barak gehad die maar bleven praten en praten... ook in hun slaap. Ze ijlden zoals ik nu ijl. De groene Chinese bomen... ze waren koel als de pilaren van een duizendjarig rijk, maar soms... soms kreeg ik de indruk dat ze niet echt waren... dat ze er alleen maar stonden om indruk te maken en de werkelijkheid te camoufleren... Al die massale parades... dat zwaaien met vlaggen en die eeuwige, werkelijk eeuwige glimlach van de kameraden... een geüniformeerde glimlach, een gewapende glimlach... Soms vroeg ik me af of al die hartelijkheid wel echt was. Hoe kan een mensenzee glimlachen? Toch wel, dacht ik meteen daarna, toch wel. En hetzelfde denk ik nu. Toch wel. Misschien te routineus nu en dan... iets te veel van hetzelfde, zoals er ook altijd te veel volksdansen waren en te veel zwaardgevechten... in Albanië, in China of waar dan ook... en te veel schaaktoernooien en te veel wonderkinderen, die natuurlijk helemaal geen wonderkinderen waren maar toonbeelden van het beste waartoe het gezin dankzij de partij in staat was... Ik moet sterk blijven. Ik mag de revolutie niets verwijten. Ook een schoonheidskoningin heeft wel eens sproeten. Weggewerkt met zalf of poeder... maar de sproeten zijn er. Ze voelt haar sproeten. Ze heeft weet van haar desillusies. Ze is er niet minder mooi om. Altijd waren er agenten die me volgden... naar elke bijeenkomst die ik bezocht. Soms dacht ik het gezelschap te zijn kwijtgeraakt, maar even later doken ze weer op, alsof ze precies wisten waar ik moest zijn. Ik wantrouwde dat stille... kleverige... dat ietwat lachwekkende en mechanische... Meestal ging het om een koppel, in kleren die donkerder waren dan de kleren van de mensen om hen heen. Ook werden me wel eens meisjes aangeboden... daar leek het tenminste op. Altijd waren het meisjes die uitblonken in de studie en speciaal geïnteresseerd waren in hoe het er in het buitenland aan toeging, speciaal wat de revolutie en de revolutiegezindheid betreft. Moest ik die sproeten zien of niet? Die schoonheidsvlekjes? Het moet door de stilte en de monotonie hier komen dat ik me zulke vragen opnieuw stel... Vraagjes... Ik heb ze ook toen wel degelijk gesteld. Ik ben geen gehoorzame ledenpop geweest. Maar nooit, nooit heb ik een reden gehad om aan de goede zaak te twijfelen. Hier zit ik nu, in een domme schommelstoel in een onherbergzaam oord met een half kadaver waaruit bloed druppelt... Als ik hier sterf... Stel dat ik hier sterf... Toch knap eenzaam, Arend. Ellenlange eenzame minuten, met niemand in de buurt om me op mijn hart te beuken of me een schop te verkopen om me definitief uit mijn lijden te verlossen... een man die zwetend crepeert onder een baldakijn van groen, verlaten door zijn kameraden... Nooit, nooit is er een reden geweest om aan de goede zaak te twijfelen. Mensen die ons tegenwerken zijn verachtelijk. Ze moeten worden opgeruimd. Ze klampen zich vast aan hun paleizen, hun medailles en hun bankbiljetten, maar binnenkort zijn ze weg. Aan de hemel zal ik het zien. Het groene dak springt open. Ik hoor de lach van mijn moeder, vlak voor ze aan de horizon verdwijnt. Het grote werk is bijna klaar en ik heb eraan bijgedragen. Ik moet geduld hebben. De mannen zullen terugkomen. Lange rijen stonden op het trottoir en ze juichten Bob en mij toe. Na mijn toespraakjes – bescheiden en werkelijk niets bijzonders – sprong iedereen tegelijk overeind om te applaudisseren. Moest ik al die eerbewijzen en attenties toen eigenlijk niet nog verdienen? Altijd waren we aan het werk, gedisciplineerd en toegewijd, met alleen het einddoel voor ogen, dus ik beschouwde die eerbewijzen en attenties als... nu, als een voorschot. Een stimulans... De onderdrukte massa die haar stem verheft gaf ons een duwtje in de rug. Het volk heeft altijd gelijk. Zo heb ik die eerbewijzen en overdadige juichkreten beschouwd. Soms... soms die lichte twijfel of ik het geld van de bevolking wel mocht aannemen. Onze reizen werden betaald door de gastheren... het was tenminste niet het geld van de vijand... het was geld waarmee het vuile geld ongedaan kon worden gemaakt... Nee, spijt heb ik van niets. Kleine ontgoochelingen en nietige twijfels horen tot de onvermijdelijkheden van de geschiedenis. Ze dienden om me sterker te maken. Ze maken me sterker. Elke nederlaag die ik negeer of wegwuif of uitlach draagt bij tot het slagen van de revolutie. Met de mannen die terugkomen en met Bob zal ik de stad in trekken... Weldra... Onze voet zullen we planten op de verkruimelende gewrichten van de tirannentroep... Al die regenten, militairen en industriëlen met hun dwaalleer, gestoeld op winst, wapens, wraak en hersenspoeling, gevloerd door ons... De wereld wacht... In alle landen zal het gejuich te horen zijn. De schellen vallen van ieders ogen. Overal sluit men zich aan... Op schoolpleinen, in de kleinste dorpen... De jongens in de blauwe overalls zullen zegevieren... Ik moet me geen zorgen maken over Bob. Bob gaat nu vast en zeker ergens zijn goddelijke eigen gang. Hij zal me roepen als het zover is. Ik heb geen spijt. Ik heb geduld. Maar opschieten moeten we. Misschien ben ik wel ongehoorzaam geweest, toen mijn machete de andere kant op draaide en dienst weigerde. Willoos en ongehoorzaam was ik. Ik heb de dood leren kennen als iets om met een schouderophalen af te doen. De dood is een routine... het is tijdverlies om er te lang bij stil te staan. Dat niemand aan de dood ontsnapt betekent niets anders dan dat iedereen de dood verdient. Er is geen beloning, geen straf... het aantal ademhalingen van de machine is eindig... er komt een einde aan het tellen van de hartslagen... en dat is het. Onbegrijpelijk om van iets zo alledaags iets zo bijzonders te maken... Niemand heeft het recht om te ontsnappen. Toch wil ik die dood niet zelf toedienen... ik herhaal het zolang ik leef. De vertrouwdheid met de dood heeft me niet van mijn schrik voor de dood afgeholpen. Ik heb veel mensen naar hun graf begeleid en het went maar niet echt. Zonder de eerbied voor het leven is ons paradijs van de toekomst een leugen. De menselijke soort hoort onsterfelijk te zijn. Ik mag niet doden. Noem het ongehoorzaamheid. Noem het zwakheid. Maar verwijt me niet dat ik geen discipline heb. Ik dien de revolutie. Ik heb discipline. Ik dien de revolutie. Hoeveel strafregels willen ze? Schommel, mijn houten vriend, schommel en knars. Ik moet mijn ogen sluiten. Ik moet strafregels verzinnen. Ik moet toegeven... met tegenzin toegeven... met mijn handpalmen tegen het hoofd bonkend toegeven dat ik, als ik aan de dood denk, alleen bevangen word door... rancune? Medelijden met mezelf? Het eerste misschien. En het tweede misschien ook. Ik moet mijn ogen sluiten... het wordt tijd om naar de stemmen in mijn hoofd te luisteren... Meestal zijn er geen stemmen. Dan blijft het stil daarbinnen. Hemel, het is erg stil daarbinnen als er geen stemmen zijn. Het ergst zijn de nachten zonder stemmen. Kom, open de conversatie. Laat het debat beginnen. Rancune... Wens ik niet heimelijk iedereen een snelle dood toe, omdat ik zelf uiteindelijk dood moet? Koester ik geen diepe afkeer jegens iedereen die springt, danst en juicht en dat zal blijven doen, lang nadat ik er niet meer ben? Voel ik geen solidariteit met de oude generaal die jongens van negentien, twintig jaar naar het front en de loopgraven stuurt, in onafzienbare rijen, alleen om te bewijzen dat hij, en hij alleen, macht heeft over jeugd, onbevangenheid, schoonheid en hoop? Denken over de dood is afdalen in de hersens van de grijsaards. Medelijden met mezelf? Wee, de revolutie kan niet zonder mij... Oei, hoe somber ziet de toekomst eruit als ik niet langer mijn steentje bijdraag... Wat moeten mijn kameraden beginnen zonder mij? Wat moet de mensheid zonder mij? De dood gooit altijd roet in het eten. Misschien hebben we wel de verkeerde ideeën over het leven... het is een van tweeën... of we moeten de dood extra celebreren of we moeten het leven lager inschatten... Een handige makelaar in godsdienst vindt altijd wel een ingang... Ben ik nu een handlanger van de dood of van het leven? Ik moet mijn ogen sluiten en luisteren naar de stem die me het beste weet te verleiden... door een van de twee word ik voor de gek gehouden, door de dood of het leven... maar ik wil wel weten door wie. Het blijft stil... Het blijft erg stil daarbinnen... Zwijgen maakt me sterker. Nederlagen zijn overwinningen. Ik verdwijn en zie, de wereld wordt rechtvaardiger. Alleen mijn geloof in de vriendschap is overeind gebleven. Dit heb ik dan gewonnen, bij alles wat afbrokkelt en onzeker wordt... dat mijn vrees dat vriendschap een hersenschim zou zijn ongegrond is. De revolutie zal slagen omdat ik voor de vriendschap ben geslaagd. Voor mensen die zich maar al te graag een vriendschap laten aanleunen en die zich bij de eerste handdruk of het eerste uitblijven van vijandelijkheden meteen vrienden voelen, lijkt het of de wereld scheutig is met vriendschappen. De wereld is helemaal niet scheutig met vriendschappen. Het is iemands eigen schuld als hij in een vriendschap wordt teleurgesteld. Hij heeft niet begrepen hoe schaars vriendschap is. Ik heb ontdekt... uit eigen ondervinding... dat ik de wereld pas kan zien in en door en dankzij vrienden... Kameraden... Mijn kale ik heeft de warmte van een bondgenoot gezocht en gevonden... Ik loop aan iemands hand... Bob vormt het levende bewijs van mijn solidariteit. Of ik hem nu vermaak, bijsta, ontbeer, achternaloop of vervloek, ik kan mezelf bewijzen. Het gaat altijd om de zaak. Om een wereld die uit het rokend puin zal opbloeien. Ik speel een rol. Ik weet het zeker. Ontsnappen kan ik niet. We lopen een oorlog tegemoet. Als jongen had ik nooit kunnen voorspellen hoe onverschillig de volwassenen tegen elkaar konden zijn en hoe wreed hun echte wereld in elkaar zat en ook had ik er geen benul van hoe gemakkelijk je daarin rolde, in die wereld, en hoe snel, hoe snel de gewenning aan die wereld zou intreden. Maar deze oorlog is goed... deze oorlog is goed...

Arend moet toch nog een uur of wat hebben geslapen. De zon is ondergegaan en buiten is het rosse, zware licht net op het punt beland waarop het in futloze tinten overgaat. De ondraaglijke minuten zijn voorbij. Hij voelt zich duizelig. Het zal aan de broeierigheid liggen – er is geen enkele daling van temperatuur bespeurbaar. Hij kijkt even achterom naar de geplette vleugels en dekschilden die verspreid liggen over de centimeters die zijn stoel van zijn oorspronkelijke plaats verwijderd is geraakt. Alsof iemand een oude achtenzeventig-toeren-grammofoonplaat aan gruzelementen heeft geslagen. Hij loopt wat heen en weer om de zeurende slaap uit zijn hoofd kwijt te raken. De man op zijn brits volgt hem met zijn blik, maar blijft verder als verlamd liggen. De torren hebben vrij spel. Na wat routineklusjes – het afbreken van groene scheuten die door de houten plinten naar binnen zijn gedrongen, het bijvullen van de waterkan, het aanvegen van de insectenresten, het schoonspoelen van de emmer – loopt hij naar buiten voor een korte wandeling rondom de barak en de aangrenzende ruïnes. Lopen is een groot woord, hij moet hurken, duwen, duiken, schuifelen en kluwens ontwarren. Als hij weer binnenkomt ligt de zieke man er nog net zo, half opzij en met opgetrokken linkerschouder. Arend bespeurt duidelijk iets van dankbaarheid in zijn ogen, alsof hij blij is met zijn terugkeer. Met zijn vlakke hand slaat Arend een paar keer hard op de radio, in een poging het ding aan de praat te krijgen. Hij weet dat het ook dit keer niet zal lukken. Nog altijd is het niet donker, al worden de silhouetten contrastrijker en de schaduwen fletser. Een ogenblik staat hij te aarzelen bij de schommelstoel. Zal hij daar weer gaan zitten en wachten tot de duisternis invalt? Nee, hij moet in beweging blijven. Hij moet niet zitten, hij moet lopen. Hij moet niet vadsig worden, maar fit blijven en klaarstaan als hij wordt geroepen. Hij hoort een geluid dat hij niet onmiddellijk herkent en draait zich om. Hij ziet een halfnaakte man in de deuropening staan, met zijn armen over elkaar en leunend tegen de deurpost. De man lijkt op de patiënt die aan hem is toevertrouwd. Arend kijkt naar het bed. De ruwe deken is op de grond gevallen en het bed is leeg. De man lacht vals en hoog, een hinnikende lach, en valt recht voorover neer. Dood, denkt Arend. Hij stapt op het lichaam af en stelt vast dat zijn gevolgtrekking juist is geweest. Een klap op het hart om de arme drommel te reanimeren, een schop om zijn tuimeling naar de eindstreep te versnellen, geen van beide zou zin hebben gehad.

Wel een volle minuut staat Arend roerloos naar het lichaam te kijken. Hij voelt geen mededogen, geen opluchting, niets. Misschien dat ik de wereld van de levenden steeds onbelangrijker ga vinden, denkt hij. Misschien dat ik me meer thuis voel in de wereld van de doden. Hij kijkt om zich heen. De menselijke soort is hier nu wel dun gezaaid, denkt hij. Hij moet glimlachen, of hij wil of niet.

Er zit niets anders op dan te wachten. Hij moet een raam openzetten. Gek, dat hij ineens de aandrang voelt een raam open te zetten. De meeste ramen staan al open omdat er geen glas in zit. Hij loopt naar een van de weinige ramen waar nog wel glas in zit en zet het open.

Addendum

De gang is koud en hoog. Arend Wiebenga is op weg naar zijn kamer. Studenten in winterjassen lopen de garderobe in en uit, hun mobiele telefoons tegen het oor. Een snel knikje naar Arend kan er meestal wel af. Bij de deur met het bordje *Docentenkamer* gaat hij naar binnen. Hij denkt met plezier terug aan het college dat hij die ochtend heeft gegeven. Het ging over het recht op geluk en over het geluk als placebo. Zoals altijd zaten er voornamelijk meisjes onder zijn gehoor. Er zijn nog altijd meisjes genoeg die hem, ondanks zijn grijzende slapen, een interessante man vinden. Arend wil zijn multomap neerleggen en zijn blik valt op de krant die opengevouwen op tafel ligt. Hij ziet een grote foto van Bob – twintig jaar ouder geworden, een bril, kat op schoot, maar het is duidelijk Bob. Geen twijfel mogelijk. Arend schuift de bureaustoel bij, zet zijn leesbril op en begint te lezen.

NEDERLANDSE 007 ZETTE MAO VOOR GEK. *Spion leidt decennialang valse Chinagezinde partij.* Met een communistisch discours en de ronkende titel 'secretaris-generaal van het Radicaal Front' won de Nederlander 'Bob' (76) in de jaren vijftig en zestig het vertrouwen van de Chinese communisten. Decennialang werd hij er met de grootste egards ontvangen. Maar al die tijd was Pieter Oldenambt, zoals hij in werkelijkheid heet, een spion voor de Nederlandse veiligheidsdienst BVD. Zijn organisatie was niet meer dan een façade. Ze was bedoeld om inzicht te krijgen in terroristische invloeden en om gegevens over communistische invloeden door te sluizen naar de binnenlandse veiligheidsdienst. Ook was het voor de dienst van belang bijtijds geïnformeerd te zijn over zuiveringen en interne machtsverhoudingen.

De Chinese leiders geloofden decennialang dat 'Bob' zo'n vier- à vijfhonderd fervente communisten vertegenwoordigde. Met Chinees geld moesten die de leer van Mao verkondigen en liefst ook nog een revolutie ontketenen. In werkelijkheid was de aanhang heel wat minder indrukwekkend, tussen de vijf en tien man, allemaal werknemers van de veiligheidsdienst. 'En dan waren er nog een paar echte leden die stom genoeg waren om zich bij ons aan te sluiten,' schampert Oldenambt.

76 jaar is hij nu. Decennialang heeft hij gezwegen over zijn werk als spion, ook nadat de BVD zijn neppartij opdoekte na de val van de Berlijnse Muur. Maar nu wil 'Bob' zijn verhaal graag vertellen. Waarom ook niet? Oldenambt is fier op wat hij heeft gedaan. Min of meer toevallig is hij spion geworden. Hij werd gerekruteerd door de BVD nadat de Albanese communisten uitnodigingen de wereld hadden rondgestuurd voor een groot jongerenfestival. Een vriend, die bij de BVD werkte, vroeg Oldenambt of hij zin had om mee te gaan en een oogje in het zeil te houden. Een tijd later organiseerden de Chinese leiders een gelijksoortig festival. Oldenambt kreeg een uitnodiging en ging er graag op in. Dat was het startsignaal van de *Operatie Mongool*, door de CIA aangeduid als *Operation Red Herring*. Om zijn organisatie aan geloofwaardigheid te helpen drukte de BVD onder meer vlugschriften waarmee aan fabriekspoorten werd opgeroepen tot stakingen. Ook werden zogenaamd wapens geleverd voor een aanval. Tijdens de Koude Oorlog reisde 'Bob' heel Europa rond voor ontmoetingen met andere communistische leiders, zoals de Albanese leider Enver Hoxha die in de strijd tussen de Sovjet-Unie en China voor de Chinese lijn had gekozen. Dat al-

les op kosten van de Chinese communisten. Bij elkaar zouden die het theater van 'Bob' voor ongeveer 1,5 miljoen euro sponsoren. Daarmee werden ook de kosten gedekt voor het – door de BVD zelf – bij elkaar geschreven partijblad *De Tribune*. In ruil voor al dat geld speelde 'Bob' de verdediger van China. Onbewust subsidieerden de beide communistische naties een van de meest succesvolle spionagecampagnes van het Westen, waarvan ze zelf het doelwit waren. Nog voor de dooi werd het werkterrein uitgebreid naar Zuid-Amerika, waar de Chinezen graag een rol wilden blijven spelen en waar ook nieuwe dreigingen zich aandienden. 'Bob' zegt geen wroeging te hebben over zijn vals spel. Vroegere aanhangers kunnen er minder om lachen. Doorgaans werden ze gerekruteerd uit studentengroepen die een hardere actie voorstonden en uit maoïstische cellen. De bekendste op de lijst met 'echte' partijleden is Arend Wiebenga, nu docent aan een van onze universiteiten. Gevraagd naar zijn persoonlijke mening over Arend Wiebenga antwoordt 'Bob': 'Hij was een idioot.'